에디토리얼 라이팅   생각을 완성하는 글쓰기

Editorial Writing   이연대 지음

판권

이 책은 2025년 4월 1일 초판 1쇄 발행됐다. 2025년 4월
10일 2쇄 발행됐다. 이연대가 쓰고 편집하고 발행했다.
신아람이 CCO로 참여했다. 윌리북프로젝트가 표지를
디자인했다. 영신사에서 인쇄했다. 북저널리즘(bkjn)
시리즈는 책처럼 깊이 있게 뉴스처럼 빠르게 우리가 지금
깊이 읽어야 할 주제를 다룬다. 이 책의 발행처는 주식회사
스리체어스(threechairs)다. 주소는 서울시 종로구 효자로 15
2층, 웹사이트는 bookjournalism.com이다.

작가라는 호칭은 명사가 아니라
동사라고 생각합니다.
쓰는 순간, 모두 작가인 거죠.

목차

들어가며: 에디토리얼 라이팅 (7)

기획: 독자의 문제 해결 (17)

주제: 프레임 정하기 (33)

구성: 아이디어 배열하기 (47)

독자: 이야기의 시작과 끝 (67)

일정: 장기적 시간관념 (81)

쓰기: 쉽고 정확하게 쓰기 (95)

조사: 글을 쓰는 마음 (115)

동사: 문장을 움직이는 힘 (127)

부사: 설명하지 않는 말 (145)

어휘: 연장통과 대장간 (159)

대화: 인터뷰 잘하는 법 (175)

퇴고: 버리고 버리기 (195)

발행: 프로덕트의 마감 처리 (207)

나오며: 생각을 완성하는 글쓰기 (219)

들어가며: 에디토리얼 라이팅

말과 글을 다루는 일을 20년째 하고 있습니다. 2014년 지금의 회사를 설립했습니다. 지식 구독 서비스 '북저널리즘'을 출시하고, 책과 피처 기사를 만들었습니다. 11년간 165권의 책을 발행했습니다. 제가 편집에 참여한 책은 98권입니다. 집필한 책은 14권입니다. 예술가의 전기를 썼고, 기업가의 창업기를 썼고, 정치가의 비전을 썼고, 브랜드의 역사를 썼습니다. 책을 쓰고 편집하며 글쓰기의 두 원칙을 세웠습니다.

첫째, 독자를 중심에 두는 것입니다. 발행된 글은 책이든 칼럼이든 보고서든 소셜 미디어 게시물이든, 모두 프로덕트(product)입니다. 프로덕트 오너(owner)가 제품과 서비스를 개발할 때 고객의 문제를 정의하고 니즈를 분석하듯, 작가는 독자에게 집착해야 합니다. 간단히 말해, 회사에서 부장이 받아 볼 보고서를 작성하는 대리의 심정이 되어야 합니다.

둘째, 공학적으로 설계하는 것입니다. 구성이 글쓰기의 거의 전부입니다. 작가들과 책 작업을 해보면 목차 구성이 세밀할수록 좋은 책이 나옵니다. 저는 일필휘지로 써 내려간 글을 믿지 않습니다. 지금 이 글도 문단 개수와 분량을 정해 놓고 쓰고 있습니다. 가능하면 문단의 길이도 맞추려

합니다. 구조적·시각적 균형이 잡힌 글은 필연적으로 논리적 균형을 이룹니다.

회사를 차리기 전에는 국회에서 일했습니다. 정치인의 메시지를 작성했습니다. 시장 선거부터 대통령 선거까지 여러 선거를 경험했습니다. 제가 작업한 원고가 국회 회의장과 유세차에서 읽히는 게 그렇게 좋을 수가 없었습니다. 한글 창의 글이 말이 되고, 말이 다시 정책이 될 때는 대단한 혁명가라도 된 것처럼 가슴이 뛰었습니다. 정치 언어를 쓰는 동안에도 글쓰기 원칙이 있었습니다.

셋째, 목적이 있는 글을 쓰는 것입니다. 정치적 글쓰기라면 정치적 목적이 필요합니다. 여기서 정치적 목적이란 정치인의 사익이나 당리가 아닙니다. 조지 오웰의 말처럼 세상을 특정한 방향으로 밀고 나가기 위해 사람들의 생각을 바꾸려는 욕구입니다. 목적성과 진정성이 없는 글은 아무리 유려해도 생명력이 없습니다. 부사와 형용사에 의존하는 허약한 글이 됩니다.

넷째, 명료한 글을 쓰는 것입니다. 벼리고 벼리어 더는 줄일 수 없는 문장이 가장 좋습니다. 청중과 독자의 기억에 오래 박혀 있어야 하니까요. 그러려면 문장에 남는 단어가 없어야 합니다. 없어도 무방하다면 있어선 안 됩니다.

대체할 수 없는 단어를 찾고 군더더기는 쳐냅니다. 문장 구조는 하나의 주어와 서술어로 이루어진 단문을 기본형으로 채택합니다.

정리하면, 좋은 글이란 ①독자를 중심에 두고 ②공학적으로 설계해 ③분명한 목적을 가지고 ④명료한 문장으로 쓴 글입니다. 물론 네 가지 원칙을 모든 글에 적용할 수는 없습니다. 이 원칙대로라면 베케트적 글쓰기는 낙제점을 받아야 할 테니까요. 이 원칙에 적합한 글이 바로 에디토리얼 라이팅(editorial writing)입니다. 설명하고 주장하고 설득하는 글입니다.

돌아보면 지난 20년간 제가 다룬 텍스트의 성격은 에디토리얼 라이팅이었습니다. 저는 픽션을 제외한 거의 모든 글쓰기가 에디토리얼 라이팅이라고 생각합니다. 그럼, 에디토리얼이란 무엇일까요. 에디토리얼의 사전적 정의는 명사로는 '사설'이고, 형용사로는 '편집적'입니다. 명사적 해석은 글의 유형을, 형용사적 해석은 글쓰기의 방식을 나타냅니다.

명사부터 살펴볼까요. 신문과 잡지의 사설이나 칼럼은 특정 주제에 관한 작가의 생각을 담은 글입니다. 기계적 중립을 출력하는 AI의 글쓰기와 대척점에 있습니다.

사람들이 기꺼이 지갑을 여는 글이기도 합니다. 도널드 트럼프가 행정 명령에 서명했다는 스트레이트 기사를 돈 내고 읽고 싶지는 않지만, 그 행정 명령에 대한 폴 크루그먼의 해석은 돈 내고 읽습니다.

생각을 글로 옮기다 보면 놀라운 경험을 하게 됩니다. 글을 쓰면서 생각을 완성한다는 것입니다. 글을 쓰기 전까지 다 알고 있는 주제였다고 생각했는데, 글을 쓰는 과정에서 — 즉 생각을 명확하게 정리하면서 — 미처 깨닫지 못했던 아이디어가 튀어나옵니다. 그러니까 에디토리얼 라이팅은 생각을 전달하는 글쓰기이자 동시에 생각을 완성하는 글쓰기입니다.

에디토리얼을 형용사로 해석하면 에디토리얼 라이팅은 '편집적 글쓰기' 정도가 됩니다. 편집적 글쓰기란 여러 매체에서 가져온 글감을 재배치해 새로운 가치를 만들어 내는 방식입니다. 픽션을 제외하고 — 마블(Marvel) 같은 트랜스미디어(transmedia)가 있기는 합니다만 — 거의 모든 글쓰기에 적용할 수 있죠. 저는 편집적 글쓰기가 갈수록 중요해지고 있다고 생각합니다.

인터넷이 없던 시절에는 통계와 이름을 잘 외우고, 필요한 자료가 어디에 있는지 잘 아는 사람이 논픽션 글쓰기에 능했습니다. 그런데 지금은 구글링만 하면 다 나옵니다. AI 검색까지 무서운 속도로 발전하고 있습니다. 결국 지금 시대의 글쓰기에선 정보를 많이 아는 것보다 잘 배치하는 것이 더 중요합니다. 맥락 만들기로 정보의 부가 가치를 높이는 거죠.

일간지를 살펴보면 정보의 위상 변화를 알 수 있습니다. 주요 일간지 1면의 기사 개수가 1960년대 평균 15개에서 현재 4개로 줄었습니다. 기사의 문법도 변했습니다. 단순 사실을 짤막하게 나열하던 방식에서 주요 이슈의 맥락과 배경을 해설하는 방식으로 바뀌었습니다. 정보가 부족하던 시절에는 새 소식을 하나라도 더 전달하는 게 독자의 문제를 해결하는 것이었지만, 지금은 정보가 차고 넘치니까요.

이제 정보는 값이 쌉니다. 비싼 것은 취향과 관점입니다. 바로 에디토리얼입니다. 에디토리얼 라이팅은 작가의 고유한 취향과 관점으로 정보를 선별하고 재배치해 새로운 가치를 제안하는 일입니다. 우리는 세상의 모든 작품에 접근할 수 있는 학예사가 된 셈입니다. 아무 작품이나 잔뜩 모은다고 전시가 되진 않죠. 1900년대 빈(Wien) 예술계의 분위기를 재현한다는, 전시를 관통하는 키워드에 맞게 전시물을 구성해야 관람객을 설득할 수 있겠죠.

그럼, 에디토리얼 라이팅을 잘하려면 어떻게 해야 할까요. 두 가지 역량이 필요합니다. 기획력과 문장력입니다. 정보가 무한한 시대에 기획력은 곧 편집력입니다. 편집력을 더 쉬운 말로 바꾸면 '순서 감각이 있다'입니다. 이 감각이 있는 사람은 글을 쓸 때 정보를 단순 나열하지 않고 맥락에 따라 재배치합니다. 단어와 문장과 문단이 있어야 할 곳에 있게 합니다.

머릿속 기획을 흘리지 않고 독자에게 잘 전달하려면 문장력이 좋아야겠죠. 문장력을 강화하려면 내 글을 많이 써봐야 합니다. 흔히 글을 잘 쓰려면 다독, 다작, 다상량이 필요하다고 하는데, 굳이 하나를 꼽자면 다작이 가장 중요합니다. 필사도 글쓰기 실력을 높이는 데 도움이 되지만, 내 글을 쓰면 다작과 다상량을 동시에 할 수 있어 훨씬 좋습니다.

제가 아까 165권의 책을 발행했다고 말씀드렸죠. 달리 말하면 165번의 시행착오를 겪었습니다. 시행착오는 시행과 착오를 반복하다가 우연히 성공한 방식을 계속해, 점차 시간을 절약해 목표에 도달하게 되는 원리입니다. 여러분이 시간을 아껴 기획력과 문장력을 향상할 수 있도록 제 경험을 들려 드릴게요.

작가라는 호칭은 명사가 아니라 동사라고 생각합니다. 쓰는 순간, 모두 작가인 거죠. 독자님들 가운데 작가를 꿈꾸는 분이 있다면 올해는 그 꿈을 이루어 보시길 바랍니다. 생각보다 어렵지 않습니다. 우선 책상에 앉아 노트북을 켜는 겁니다.

그럼 지금부터 에디토리얼 라이팅 더 잘하는 법을 이야기합니다.

기획: 독자의 문제 해결

에디토리얼 라이팅은 골방의 예술이 아니라 거리의
현수막이어야 합니다. 저라고 남들에게 똑똑하게 보이고 싶은
욕구와 미학적 열정이 없지 않지만, 에디토리얼 라이팅을 할
때는 제품 사용 설명서처럼 계산된 글쓰기를 지향합니다.
특히 기획 단계에서는 작가로서의 저와 에디터로서의 저를
분리해 에디터의 관점에서 — 아마도 작가로서의 제가 강하게
개입했을 — 제 기획을 재구성합니다.

늦은 저녁 배가 출출한데 밖에 나가기 싫을 때
사람들은 배달 앱을 켭니다. 장 보러 갈 시간이 없으면 쇼핑
앱을 열어 새벽 배송을 주문합니다. 거실 천장에 펜던트
조명을 달아야 하는데, 해본 적도 없고 공구도 없다면 생활
서비스 앱을 찾아보겠죠. 우리는 특정한 문제를 해결하기
위해 제품과 서비스를 '고용'합니다.

글도 그렇습니다. 서울 광화문의 대형 서점에서 책을
고르는 30대 중반의 회사원을 떠올려 보세요. 이 사람은 얼마
전 팀장으로 승진했습니다. 기다려 온 일이지만 부담도 컸죠.
이 사람은 경제·경영 코너와 자기 계발 코너를 오갑니다.
《실리콘밸리의 팀장들》을 집어 들어 목차를 한참 살피더니

바로 옆에 있던 《팀장의 탄생》으로 손을 옮깁니다.

사람들은 문제에 맞닥뜨렸을 때 책을 찾습니다. 작가의 글은 독자의 문제 해결을 돕기 위해 '고용'되는 셈입니다. 트럼프 2기가 출범했으니 교양인으로서 트럼프 2.0 시대를 전망하는 책을 읽어 볼까, 하는 사람은 많지 않습니다. 하지만 트럼프 2기의 통상 정책이 회사의 대미 수출에 리스크가 될 수 있으니 책을 찾아봐야겠다, 하는 사람은 있죠.

기획은 어떤 목적을 이루기 위해 계획하는 일입니다. 에디토리얼 라이팅의 작가에게 그 목적은 독자의 문제 해결이어야 합니다. 문제를 해결하려면 먼저 문제가 무엇인지 정의해야겠죠. 책이든 칼럼이든 보고서든 광고 문구든 독자의 문제를 정의하고, 해결할 방법과 수단을 계획하는 것이 기획입니다. 독자의 페인 포인트(pain point, 고객이 겪는 불편함)가 심각하고, 그 문제를 경험하는 사람이 많을수록 대형 기획이 됩니다.

기획안을 완성했다면 일관되게 밀고 나가야 합니다. 프로젝트를 추진하는 과정에서 기획자는 시시각각 날아드는 주변의 건강한 피드백은 검토하되, 애초 이 기획을 하게 했던 반짝이는 동기를 잃지 말아야 합니다. 이때만큼은 에디터가 아니라 작가로서 조금은 이기적이고 세상 깔보는 태도로

작업에 접근해도 좋습니다. 그 오만함이 갖은 공격에도 버틸
힘이 되어 주니까요.

극단적인 예를 한번 들어 볼게요. 회사의 역사를 담은
사사(社史)는 왜 아무도 읽지 않을까요. 거금을 들여 외주
제작사를 선정하고, 고급 용지로 인쇄하고, 묵직한 양장을
둘러도 왜 읽기는 싫고 버리자니 아까워 서가 한구석으로
직행할까요. 사사를 만드는 목적이 사료 축적에만 있다면
읽히지 않아도 괜찮습니다. 이미 목적을 달성했으니까요.
그러나 임직원에게 읽히기를 바란다면 다르게 접근할 수
있습니다.

이런 상황을 가정해 볼까요. 50년 역사의 건설사가
있습니다. 1970년대 중동 건설 시장에서 오일 달러를
벌어들여 한국 경제 성장에 이바지한 회사입니다. 새로
부임한 홍보 담당 임원이 홍보팀에 이런 미션을 줍니다.
"우리 뻔한 사사 말고 다르게 가봅시다. 창사 50주년을 맞아
임직원의 자긍심을 고취하고, 동시에 바이럴도 될 수 있는
사사를 기획해 봅시다."

제가 사사 프로젝트 담당자라면 한국 산업화의
역사와 회사의 역사와 임직원 개인의 역사를 결합할 겁니다.
책을 펼치면 한 페이지 분량의 여는 글이 나옵니다. 다음

장부터 한 페이지에 한 명씩 회사를 거쳐 간 선배, 동료의 이력서를 담습니다. 흑백 증명사진 시절의 이력서도 있겠죠. 입사 동기와 입사 후 포부도 적혀 있을 겁니다. 그 다짐을 이룬 사람도 있을 테고요.

빛바랜 이력서 밑에 여백을 넉넉히 주고 그의 노력과 수고를 두어 줄로 적습니다.

"1979년 6월 쿠웨이트 슈아이바 항만 공사의 공사팀장으로 일했다. 현지 정치 불안으로 소요 사태가 발생해 현장 기물이 불타고 파괴됐지만, 끝까지 현장을 지켰다."

그렇게 수백 장이 계속됩니다. 그들의 역사가 곧 회사의 역사이고 한국의 역사로 이어집니다. 책 마지막에는 50년 역사를 함께 일군 전체 임직원의 이름을 기록합니다.

그런데 이 기획이 실현되기는 어려울 겁니다. 결재 과정에서 목적이 하나씩 추가돼 회장과 사장의 기념사가 들어가고, 경영 이념이 들어가고, 사업 현황이 들어가고, 사장 인터뷰가 들어가고, '글로벌 건설사로 대도약' 같은 해설이 들어가고, 금탑산업훈장 수여식과 준공식 사진이 들어가야 하니까요. 결국 돌고 돌아 뻔한 사사가 되고, 아무도 읽지 않는 종이 더미가 됩니다.

정리하면, 기획이란 독자의 문제를 정의하고 해결하는 것입니다. 좋은 기획이란 이 문제의식을 끝까지 밀고 나간 일관된 기획입니다.

한 줄의 스토리텔링

앞서 좋은 기획을 규범적으로 접근해 살펴봤다면, 경험적 접근도 가능합니다. 잘된 기획을 관찰하고 공통점을 추출해 우리 기획에 반영하는 거죠. 제가 발견한 좋은 기획의 첫 번째 공통점은 핵심을 한 줄로 설명할 수 있다는 것입니다. 내 기획을 엘리베이터를 타는 짧은 시간(elevator pitch) 동안 상대에게 설득할 수 없다면 좋은 기획이 아닐 가능성이 큽니다.

시장과 평단의 주목을 동시에 받은 책들은 거의 모두 한 줄로 기획의 핵심을 요약할 수 있습니다. 《팩트풀니스》는 '느낌'을 '사실'로 인식하는 인간의 비합리적 본능 열 가지를 말하는 책입니다. 《가만한 당신》은 덜 알려졌기에 더 알려져야 할 서른다섯 명의 부고를 모은 책입니다. 한 줄 설명만 들어도 어떤 내용이 담겼을지 파악되시죠?

한 줄로 설명할 수 있다고 해서 모두 좋은 기획이 되는 건 아닙니다. 그 한 줄에 맥락이 담겨야 합니다. 즉 한 줄짜리 스토리텔링이어야 하죠. '유명한 사람들의 부고를 모았다'라는 말은 정보의 나열입니다. 비트(bit)의 조합일 뿐이죠. '덜 알려졌기에 더 알려져야 할 사람들의 부고를 모았다'라고 하면 서사성이 있습니다. 정보 전달을 넘어 독자를 이야기 속으로 초대합니다.

에디터가 되어 일론 머스크의 다양한 사업을 소개하는 경영서를 만든다고 가정해 볼까요. 예비 저자는 미국 테크 업계를 잘 아는 경영학과 교수입니다. 예비 저자는 이 책을 한 줄로 이렇게 표현합니다. "일론 머스크의 여러 사업을 총망라한 해설서입니다." 그러고는 준비해 온 목차를 꺼냅니다. 책 제목은 가칭 '세기의 천재, 머스크의 혁신 비즈니스'입니다.

프롤로그: 머스크에게 주목하라

1장. 전기차 '테슬라'

2장. 재활용 로켓 '스페이스X'

3장. 위성 인터넷 '스타링크'

4장. 태양광과 배터리 '솔라시티'

5장. 지하 초고속 열차 '하이퍼루프'

에필로그: 머스크의 다음 행보는 무엇일까

　'머스크의 여러 사업을 총망라한 해설서'는 한 줄은 맞지만 스토리텔링이 아닙니다. 맥락 없는 정보의 나열입니다. 기획이라고 할 수 없습니다. 구글링으로 얻을 수 있는 정보 더미이고, 정보를 긁어모아 가공하는 일은 AI가 사람보다 더 잘합니다. 이 책이 책답게 되려면 에디터가 목차를 이렇게 바꿔야 합니다. 책 제목은 '화성으로 간 머스크(Musk on Mars)'입니다.

프롤로그: 우리는 화성으로 간다

2장. 재활용 로켓 '스페이스X'

1장. 전기차 '테슬라'

5장. 지하 초고속 열차 '하이퍼루프'

4장. 태양광과 배터리 '솔라시티'

3장. 위성 인터넷 '스타링크'

에필로그: 2050년의 인류

　예비 저자가 들고 온 목차와 내용은 같습니다.

장(章·chapter)의 순서만 바꿨습니다. 장의 숫자는 예비 저자의 목차에 있던 숫자 그대로 뒀습니다. 이 기획에선 전에 없던 맥락이 생겼습니다. 머스크는 2050년까지 인류 100만 명을 화성에 이주시켜 정착촌을 만들겠다고 공언해 왔는데, 실제로 그의 모든 사업이 이 목표를 향하고 있다는 것이죠.

　　　목차 흐름대로 이야기해 볼게요. 인류가 화성으로 이주하려면 먼저 로켓을 쏴야겠죠. 도시를 건설하려면 최소 수만 명은 보내야 하니까, 로켓을 수천 번 넘게 발사해야 합니다. 천문학적인 발사 비용을 줄이기 위해 머스크는 재사용 가능한 로켓을 만듭니다(2장). 화성에 도착해서는 사람과 물자를 실어 나를 교통수단이 필요한데, 산소가 없어 화석 연료는 쓸 수 없으니 전기차가 제격입니다(1장). 지하 터널을 만드는 기술을 활용해 화성 광물을 캐고, 초고속 열차로 물자를 운반합니다(5장). 에너지원은 태양입니다. 화성은 지구보다 태양과의 거리가 멀어서 고도로 발전한 태양광 패널 효율과 배터리 기술이 필요한데, 머스크는 솔라시티에서 이 기술을 개발하고 있죠(4장). 화성 개척자들이라고 일만 하고 살 수는 없습니다. 엔터테인먼트도 있어야죠. 우주 인터넷망을 구축하는 스타링크 프로젝트로 축적한 기술력을 화성 인터넷에 활용할 수 있겠죠(3장). 결국 머스크의 모든 비즈니스는 화성을 향하고 있습니다.

　　　　이 기획에선 정보가 단순 나열되는 것이 아니라
하나의 맥락을 따라 이야기가 꼬리를 물며 이어집니다.
정보를 재배치해 맥락을 만들어 주는 작업이 기획입니다.

평범한 것들의 연결

좋은 기획의 두 번째 공통점은 익숙한 것을 연결해 새로운
조합을 만들어 낸다는 것입니다. 완벽하게 새로운 것은 거의
없습니다. 세상을 바꿔 놓은 2007년 아이폰 모먼트조차도
아이팟, 전화, 인터넷 기술을 결합한 것이지 완전히 새로운
개념은 아니었습니다. 비틀즈의 음악도 로큰롤, 블루스, 인도
음악의 영향을 받았고요. 인류의 창조와 발견은 대부분 기존
것들을 새로운 조합으로 엮는 과정에서 나왔습니다.

　　　　〈버즈피드〉라는 미국 인터넷 매체가 있습니다. 요
몇 년간 성장세가 꺾이고 구조 조정까지 겪었지만, 2010년대
중반까지만 해도 《뉴욕타임스》가 강력한 경쟁 업체로 꼽았던
언론사입니다. 리스티클(listicle) 문법을 만든 곳이기도
합니다. 특정 주제에 대해 가짓수로 정보를 전하는 방식이죠.

'올해가 가기 전에 꼭 가봐야 할 카페 12곳' 이런 기사
말입니다.

〈버즈피드〉는 2019년에 엉뚱한 프로젝트를
선보였습니다. 디지털 끝단에 있는 회사가 사양 산업이라는
종이 신문을 발행한 겁니다. 정기 발행은 아니고 홍보
목적의 일회성 발행이었습니다. 직원들이 뉴욕 지하철역
앞에서 배포했는데, 발행 당일에 2만 부가 전부 나갔습니다.
희귀본이라 뒤늦게 구하려는 사람도 많았죠. 당시 회사 측은
종이 신문을 내면서 이렇게 선언했습니다. "우리는 인터넷을
인쇄했습니다(We printed out the internet)."

〈버즈피드〉의 종이 신문 프로젝트 / 사진: famous campaigns

이 신문의 모토는 '소셜, 모바일, 재활용
가능'이었습니다. 모바일이 재밌는데요, 틀린 말은 아니죠.
신문은 원래 들고 다닐 수 있는 물건이니까요. 12페이지짜리

신문인데, 지면 구성은 별거 없습니다. 편집 스타일이 기성 일간지와 달리 조금 화려할 뿐입니다. 이들은 또 "우리는 신문에 gif를 인쇄한 세계 최초의 매체입니다"라고도 했는데, 영상 스냅숏 다섯 개를 지면에 실은 거였습니다. 재치 있는 표현이라 리트윗이 많이 됐죠.

〈버즈피드〉의 시도에 사실 새로운 건 없습니다. 종이 신문은 수백 년 넘게 발행됐으니까요. 그런데 디지털 끝판왕이 종이 신문을 내니까 화제가 됐습니다. 디지털과 아날로그를 연결해 전에 없던 조합을 만들었죠. 회사는 종이 신문을 발행하며 농담 섞인 성명을 냈습니다. "인터넷과 소셜 미디어에서 태어난 회사인 〈버즈피드〉는 인쇄라는 새로운 기술을 실험하고 있습니다."

제 경험도 곁들여 보겠습니다. 저는 2014년에 《바이오그래피》라는 제호의 평전 시리즈를 출시했습니다. 한 호에 한 인물을 소개하는 책입니다. 서점에 가보면 인물을 다루는 책이 많습니다. 심지어 이 분야는 경쟁 상대가 생존 인물뿐만 아니라 링컨, 다윈, 처칠, 이순신, 안중근 같은 역사 속 위인까지 있죠. 어중간한 기획으론 독자의 주목을 받기가 쉽지 않습니다. 그래서 저는 잡지 형식을 택했습니다.

국내 최초의 평전 잡지를 표방했죠. 책처럼 생겼는데

잡지이고, 잡지인데 양장에다 광고를 싣지 않았습니다.
이 기획이 통했는지 주요 언론에서 창간호를 비중 있게
소개했습니다. 사실 이 콘셉트 역시 뜯어보면 익숙한 것들의
연결입니다. 세상에 평전은 많고, 잡지도 많고, 양장도
많습니다. 책에는 원래 광고가 없고요. 그런데 이 네 가지를
연결하니까 새로운 출판물이 됐습니다.

기획을 완성하는 글쓰기

머릿속에서 최초의 기획 아이디어를 떠올리고 세공하듯
다듬어 프로젝트에 착수할 모든 준비를 마쳤다는 생각이
들면, 다른 사람에게 아이디어를 설명하거나 종이에 적어야
합니다. 그제야 우리는 아이디어에 빈틈이 있다는 사실을
깨닫습니다. 말로 해도 좋지만, 글로 하면 더 좋습니다. 말보다
글이 엄정함의 기준이 더 높기 때문입니다.
　　　우리는 흔히 글쓰기를 잘해야 내 생각을 다른
사람에게 잘 전달할 수 있다고 생각합니다. 맞는 말입니다.
그런데 글쓰기의 또 다른 효능이 있습니다. 글을 쓰는 동안
생각이 완성된다는 것입니다. 글쓰기란 생각하기입니다. 기획

아이디어를 글로 옮겨 적지 않으면 글을 쓰며 얻게 될 새로운 생각을 놓치는 셈입니다.

　　　머릿속 아이디어는 쓰기 전까지만 완벽합니다. 글로 옮기는 순간 아이디어가 변합니다. 처음 아이디어를 떠올렸을 땐 소름 돋을 정도로 뛰어난 생각이었는데, 글로 쓰고 나면 남에게 보여 주기 부끄러운 기획이 됩니다. 그래서 썼다가 지우고 다시 쓰게 됩니다. 대부분의 기획에서 아이디어의 절반은 처음 생각을 글로 옮기는 과정에서 새롭게 생각한 것들입니다.

　　　저는 많은 글을 썼습니다. 200자 원고지 20~30매 분량의 길지 않은 글은 출근길에 버스 안에서 머릿속으로 구성을 짭니다. 첫 문장을 속으로 적어 보기도 합니다. 손을 놀리지 않고 쓰는데도 주술 관계가 제법 잘 맞습니다. 텍스트로 밥벌이를 하며 생긴 습관이자 재주겠죠. 그런데 이 기획을 사무실에 도착해 글로 옮기는 순간, 곳곳에서 허점이 드러납니다.

　　　아마존에서는 파워포인트(PPT) 발표를 하지 않습니다. 대신 서술형 줄글을 씁니다. 제프 베이조스는 파워포인트에선 "글머리 기호(bullet point)로 요점만 적고 엉성한 생각을 많이 숨길 수 있다"라고 말합니다. 아이디어의 논리보다 발표자의 언변에 휘둘릴 수도 있고요. 그래서 내러티브가 분명한 산문을 쓰도록 합니다.

기획을 글로 적으면 기획이 좋아집니다. 기획의 핵심을 한 줄로 요약하고, 스토리라인을 500자 내외로 적습니다. 스토리라인을 적을 때는 글머리 기호를 사용하지 않습니다. 맥락과 서사가 있는 짧은 이야기를 씁니다. 아까 예시로 든 '화성으로 간 머스크'의 개요처럼 씁니다. 기획과 실제는 다릅니다. 원고를 몇 페이지 쓰기 전까지는 결코 생각해 낼 수 없는 것들이 있습니다. 기획 아이디어를 글로 써보면 실제를 미리 경험할 수 있습니다.

스토리라인을 쓸 때는 가능한 한 빨리 초안을 작성하면 좋습니다. 멋진 문장을 쓸 필요가 없습니다. 구어체로 작성해도 됩니다. 일단 멈추지 말고 써 내려갑니다. 어차피 지금 적는 생각의 절반은 나중에 달라질 테니까요. 이 초안은 조잡하고 엉망일 가능성이 큽니다. 괜찮습니다. 계속 다시 작성할 거니까요. 불필요한 부분을 없애고 모자란 부분을 채우고 엉성한 부분을 조입니다. 신뢰할 만한 친구에게 피드백을 받는 것도 좋습니다. 이 과정을 반복합니다. 그러면 비로소 기획다운 기획이 나옵니다.

주제: 프레임 정하기

2017년 북저널리즘 시리즈를 시작했습니다. 북(book)과
저널리즘(journalism)을 합한 말입니다. 책의 깊이와
뉴스의 시의성을 두루 갖춘 지식 콘텐츠를 뜻합니다. 세계,
테크, 컬처, 경제, 정치, 사회, 워크, 지구 등 여러 분야에서
지금 깊이 읽어야 할 주제를 다루어 왔습니다. 이 시리즈로
종이책 111권을 펴냈습니다. 디지털 콘텐츠는 2000건 이상
발행했습니다.

　　　북저널리즘 시리즈 출시 초기에는 저희 팀이 모든
아이템을 발굴하고 최적의 저자를 찾아 집필을 의뢰했습니다.
업력이 길지 않고 성과도 뚜렷하지 않아 거절당하는 일이
많았습니다. 제안해 줘서 감사하다면서도 "다만"으로
이어지는 이메일이 쌓일수록 시리즈도 하나둘 쌓였고,
브랜드가 점차 알려지며 성공률이 올라갔습니다. 먼저 출간
제안을 보내오는 저자도 늘었고요.

　　　요즘에는 한 달에 열 건 이상 출간 제안서가
들어옵니다. 팀원이 주간 회의에서 발제하는 아이템까지
합하면 매달 수십 개의 제안을 검토합니다. 이 중에서 책
또는 디지털 콘텐츠가 될 만한 것을 선별하는데, 경계를

정하는 일이 퍽 까다롭습니다. 초기에는 에디터의 감각에 맡겼습니다. 저희만큼 지식·정보, 인문·교양 텍스트를 많이 소비하는 사람은 드물 테니까요.

그러나 이런 방법은 오래가지 않겠죠. 감각이란 것이 오래도록 예리하게 유지될 수 있을지 장담할 수 없고, 그날의 기분이나 몸 상태, 회의 분위기에 따라 달라질 수 있으니까요. 이래서는 품질 관리(quality control)가 되지 않죠. 반복과 확장이 가능한 제작 모델을 갖추기 위해서는 기획자의 암묵지를 형식지로 만드는 작업이 필요했습니다.

2018년 북저널리즘 스타일 가이드를 만들면서 주제 선정 기준을 세웠습니다. 한국과 미국의 논픽션 베스트셀러, 수상 경력이 있는 국내외 롱폼 저널리즘, 생각을 훔치고 싶은 ― 사이먼 쿠퍼, 마틴 울프, 팀 하포드, 폴 크루그먼 같은 ― 칼럼니스트의 텍스트를 작은 단위로 쪼개고 같은 성질끼리 묶어 품질 좋은 글의 공통점을 다섯 가지로 정리했습니다. 교양성, 관계성, 시의성, 독창성, 구체성입니다.

첫째, 교양성입니다. 단순 사실 전달을 넘어 지식과 교양, 저자 고유의 관점과 통찰, 생각의 틀을 제공해야 합니다. 특히 한국 독자는 서구 독자보다 교양주의적 성향이 강합니다. 소설을 읽더라도 지적으로 남는 것이 있기를 바랍니다. 하물며 비소설이라면 더욱 그렇습니다.

　　둘째, 관계성입니다. 독자가 발붙이고 있는 세상과 연결되어 있고, 현실과 밀착한 지식이어야 합니다. 독자는 '나와 관련 있는 이야기'에 반응합니다. 지구 반대편에서 벌어지는 이야기를 전하더라도 한국에 있는 독자와 접점을 만들어야 합니다.

　　셋째, 시의성입니다. 읽고 보고 들을 것이 넘치는 시대입니다. '지금' 읽어야 할 이유가 있어야 합니다. 지금 읽지 않으면 나중에도 읽지 않습니다. 설득하는 글이라면 더욱 그렇습니다. 시의성이 좋을수록 글의 레버리지가 커집니다.

　　넷째, 독창성입니다. 다른 매체가 다루지 않았거나 덜 다룬 주제이면 좋습니다. 이미 다루어진 주제라면 독창적인 시각으로 풀어내야 합니다. 예컨대 아마존을 분석한다면 20년 전부터 수천 번 넘게 언급된 '물류 혁신'의 관점이 아니라 '도시 인프라의 변화' 관점에서 써야 합니다.

　　다섯째, 구체성입니다. 구체적인 사례와 생생한 경험을 담아야 합니다. 구체성은 '읽는 재미'와 관련이 깊습니다. 인간은 본능적으로 이야기를 탐닉합니다. 스토리텔링은 이론과 통계보다 강력하고, 그래프보다 직관적입니다. 스토리텔링은 구체성에서 나옵니다.

저희 팀은 회의 테이블에 올라온 주제를 항목당 5점 만점으로 점수를 매깁니다. 총점이 18점 이상이면 통과입니다. 레이더 차트를 활용한 평가는 닻을 내린 배가 움직일 수 없듯 첫인상의 영향을 받는 앵커링 효과(anchoring effect)를 완화합니다. 여러 명이 참여할수록 평가가 정확해집니다. 타깃 독자의 의견을 들을 수 있다면 더욱 좋고요. 점수가 높은 항목은 더 발전시켜 글의 특장점으로 삼습니다. 점수가 낮은 항목은 보완할 방법을 찾습니다.

전문성이 있는 것

주제를 찾을 때는 내가 잘 알고 잘 쓸 수 있는 분야에서 찾는 것이 좋습니다. 전문성이 있는 분야에서 찾는 것이죠. 세계사에 전문성이 있다면 세계사에서 주제를 찾아보고, 마케터로 일하고 있다면 마케팅 분야에서 주제를 살펴보면 좋습니다. 전문성이 글쓰기의 기준을 높이기 때문입니다.

"저는 어디에도 전문성이 없는데요"라고 하는 분이 있습니다. 평범한 직장에서 단순 반복 업무를 하고 있다는

겁니다. 그렇지 않습니다. 분야를 좁히면 전문가인 것을 찾을
수 있습니다. 그 주제를 다루면 됩니다. 주제가 너무 좁아서
독자가 적을 수 있지만 괜찮습니다. 주제가 좁을수록 독자가
열광적일 확률이 높습니다. 주제의 폭은 나중에 얼마든지
넓힐 수 있습니다.

　　　예를 들어 서울시 중구 약수동에서 나고 자란 24세
대학생이 있습니다. 이 친구는 뉴스레터 서비스를 기획하고
있습니다. 반려견을 키우니까 반려동물에 관한 이야기를
써볼까, 경제학을 전공하니까 미국 증시에 관해 써볼까,
고민하고 있죠. 둘 중 뭐든 저는 구독하지 않을 겁니다. 같은
주제를 다루는 더 좋은 뉴스레터가 많으니까요.

　　　하지만 이 친구가 약수동의 매력적인 작은 가게들을
안내하는 뉴스레터를 만든다면 어떨까요. 약수동을 잘 아는
작가가 동네 골목을 탐방하며 재밌는 가게를 소개하고 주인장
인터뷰까지 들려주는 뉴스레터라면 관심이 갑니다. 그 사람만
할 수 있는 이야기이니까요. 약수동을 좋아하는 사람들과
로컬 크리에이터들이 구독할 수 있겠죠.

　　　전문성 있는 분야에서 주제를 고르면 일에도 도움이
됩니다. 앞서 말씀드린 대로 글쓰기는 생각을 전달하는
동시에 생각을 완성합니다. 글쓰기가 곧 생각하기입니다.

글을 쓰기 전까지는 할 수 없는 생각이 분명히 있습니다. 직무와 연관된 주제를 잡아 글을 쓰면 직무를 더 이해하게 되고 일을 더 잘하게 됩니다. 또 글쓰기의 결과물이 쌓여 이력의 한 줄이 될 수도 있고요.

이야기성이 있는 것

직사각형 주변에 도형 세 개가 있습니다. 큰 삼각형 하나, 작은 삼각형 하나, 원 하나입니다. 큰 삼각형이 작은 삼각형과 원을 향해 달려들면 작은 삼각형과 원은 물러납니다. 세 도형은 서로 부딪히고 튕기고 쫓고 쫓깁니다. 1분 30초짜리 흑백 무성 영상에 담긴 내용은 이게 전부입니다.

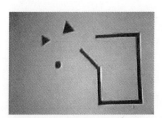

1944년 하이더와 지멜의 연구에 사용된 애니메이션

추상 미술 같은 영상을 관람한 관객에게 그들이 본 것을 묘사하라고 했습니다. 관객은 추상에서 구상(具象)을 발견했습니다. 세 도형에 동기와 감정을 부여하고 스토리를 구성했습니다. 학대받는 아내와 아이, 술주정꾼 남편을 떠올린 이도 있었고, 딸의 애인을 못마땅해하는 아버지를 떠올린 이도 있었습니다.

1940년대 심리학자 프리츠 하이더와 마리아네 지멜은 이런 간단한 심리 실험을 통해 사람이 무생물에도 감정을 투사하고 스토리를 만든다는 사실을 입증했습니다. 그렇습니다. 태곳적부터 인간은 스토리를 만들었습니다. 해가 뜨고 별이 지고 나무가 바람에 흔들리는 현상에 감정과 의도를 주입하고 이야기를 발명했습니다.

인류와 스토리텔링은 유사 이래 한 번도 분리된 적이 없습니다. 수렵 시대의 인류는 저 언덕 너머 사자가 있다는 건조한 말보다 저 언덕 너머에 갔더니 어른 팔뚝보다 커다란 이빨을 가진 무시무시한 사자가 있더라는 말을 주고받았을 겁니다. 이게 뉴스의 원형이죠. 1만 5000년 전 알타미라 동굴에 그려진 들소의 다리는 여덟 개입니다. 들소 자체가 아니라 들소의 생동감을 그렸기 때문입니다. 인간은 이야기를 벗어날 수 없습니다.

주제를 선택할 때도 이 점을 고려해야 합니다. 개념 뒤의 실체를 포착해야 이야기성을 가질 수 있습니다. 예를 들어 전자상거래를 주제로 삼을 수도 있고 아마존을 주제로 삼을 수도 있습니다. 얼핏 비슷해 보이지만, 전개가 완전히 달라집니다. 전자상거래라는 개념이 주제가 되면 인터넷과 네트워크의 발달이 1장에서 다루어질 것만 같은데, 아마존이라는 기업이 주제가 되면 논쟁적 인물과 파괴적 혁신이 등장하는 경영 드라마를 기대하게 합니다.

실체를 잡았다면 두 가지를 드러냅니다. 첫째, 이야기의 주인공입니다. 독자가 본능적으로 관심을 두는 대상은 연구, 이론, 통계가 아니라 주인공입니다. 기후 위기 문제를 다룬다면 온실가스 배출 통계가 아니라 특정 지방 어부의 삶을 시작점으로 삼는 겁니다. 주인공이 반드시 사람일 필요는 없습니다. 기업, 도시, 동물, 사물도 괜찮습니다. 사람을 대하듯 대상에 캐릭터, 상황, 동기를 부여합니다.

둘째, 주인공이 겪는 갈등입니다. 모든 이야기는 결국 갈등과 갈등 해소의 구조를 지닙니다. 왜 이 문제가 생겼고, 어떻게 해결하려 했는지를 보여 줍니다. 어부의 예로 돌아간다면 바닷물 온도가 올라 어획량이 줄자 어부는 도시로 나가 일용직 노동을 하는 날이 늘었다는 식입니다. 서사가 들어가면 독자는 학술적 문제라도 이야기처럼 몰입할 수 있습니다.

이야기성은 글의 해상도를 높입니다. '1만 시간의 법칙'으로 유명한 책 《아웃라이어》를 쓴 말콤 글래드웰은 방대한 학술 데이터를 다루면서도 구체적인 에피소드를 곳곳에 배치해 연구나 이론을 서사처럼 읽히게 합니다. 거시 담론은 미시 사례를 통해 존재의 질감을 얻습니다.

프레임을 만드는 사고 습관

주제를 잡았다면 입장을 정할 차례입니다. '나는 이 문제를 어디에서 바라볼 것인가?'라는 질문에 대답을 분명히 하는 것입니다. 즉 프레임을 설정합니다. 그 주제를 가지고 누가 써도 같은 내용이 나온다면 굳이 새 글을 쓸 필요가 없습니다. 아직 다른 사람이 깨닫지 못한 내용을 말해야 합니다.

이어령 선생과 작업할 때의 일입니다. 이 선생과 대담하며 평전과 인터뷰집을 만드는 작업이었습니다. 이 선생은 평론가, 산문가, 소설가, 시인, 언론인, 대학교수,

행정가 등 여러 방면에서 활동하며 탁월한 업적을
남겼습니다. 한국의 대표 석학, 시대의 지성, 말의 천재로
불리기도 합니다.

저는 작업을 준비하면서 '이 선생은 천재가
아니다'라는 프레임을 잡았습니다. 200권이 넘는 저작을
남긴 사람에게 천재라는 레테르는 그가 눈 뜨고 맞은 새벽을
외면하는 비겁한 구별 짓기라고 생각했죠. 다행히 이 관점은
사실과 크게 다르지 않았습니다. 이 선생의 부인과 자제는
서재에 앉은 이 선생의 등만 보고 살았다고 하니까요. 이
선생의 말입니다.

"다들 나를 천재라고 하는데, 천재는 무슨. 작가들이
밤마다 술 마시러 다닐 때 나는 저녁 6시 넘어서 외출해 본
적이 거의 없어요. 새벽까지 글만 썼지."

이 선생은 그렇게 70년을 보냈습니다. 200권이 넘는
저작은 서재에서 홀로 보낸 저녁들에 쓰였습니다. 이 선생은
세상이 아는 천재가 아니었습니다. 다만 매사에 호기심을
가지고 늦도록 탐구하는 사람이었습니다.

고유한 프레임을 만들려면 질문하는 사고 습관이
필요합니다. 남다른 관점은 문제가 없는 상황에서 샤워하다가
문득 나오는 게 아닙니다. 먼저 문제가 있어야 합니다. 이

문제를 끌어내고 해결하는 아이디어는 사건을 종결하는 닫힌 문장이 아니라 가능성을 확인하는 열린 문장에서 나옵니다. 질문입니다. 질문은 더 많은 생각을 끄집어냅니다.

인구 감소를 주제로 글을 쓰기로 했다면 파격적인 출산 장려 정책이 필요하다거나, 집값을 잡아야 한다는 청사진부터 떠올려서는 안 됩니다. 생각의 한계를 설정하기 때문입니다. 대신 질문합니다. '인구 감소가 왜 나쁜가?'라는 질문으로 시작합니다. 답은 일할 사람이 줄고 물건을 살 사람도 줄면 경제가 성장하지 않기 때문이겠죠. 다시 질문합니다. '경제는 성장해야만 하는가?' 질문이 꼬리를 물고 이어집니다. '활력 있는 사회에 대한 개념이 과거에 머물러 있는 건 아닌가?'

인구 감소를 경고하는 주류 경제학자는 국내 총생산(GDP)에 집착합니다. 인구 감소가 문제가 되는 이유도 GDP가 줄어서입니다. 그러나 GDP는 우리가 누리고 사랑하는 것들은 측정하지 않습니다. 2010년 미국 멕시코만에서 최악의 기름 유출 사고가 터졌을 때 미국 GDP가 올랐습니다. 복구 작업에 돈을 썼기 때문입니다. 아마존 숲을 벌채해도 GDP는 오릅니다. 이런 흐름을 이어 붙이면 완전히 다른 글이 나올 수 있습니다.

나만의 관점을 가지려면 질문해야 합니다. 학습된 경험에서 나오는 유추나 관습에 얽매이지 않고 기본에서부터 추론하고 결론을 확인합니다. 변하지 않는 진실만 남을 때까지 상황을 계속 파고들어야 합니다. 데카르트의 말처럼 의심할 수 있는 모든 것을 체계적으로 의심해서 결국 의심할 수 없는 진실만을 남깁니다.

프레임을 잡았다면 생각을 밖으로 내보냅니다. 아이디어는 신뢰할 만한 사람에게 설명하는 과정에서 발전합니다. 머릿속에 있던 생각을 말이나 글로 표현하는 동안, 무의식에 있던 생각이 더해져 아이디어가 보완되는 경험을 해보셨을 겁니다. 생각을 주고받으며 프레임을 논리적으로 더 짜임새 있게 만들 수 있습니다.

프레임도 발전합니다. 글이 전개되며 조금씩 바뀔 수 있습니다. 피드백을 거치며 '내가 너무 한쪽만 봤구나' 하는 생각이 들 수 있죠. '이런 점을 추가하면 더 설득력이 있겠네' 같은 개선이 이루어지게 됩니다. 초고, 피드백, 수정 과정을 거치며 프레임이 정교해지면 독자에게 내 시각이 훨씬 명료하게 전달될 수 있습니다.

구성: 아이디어 배열하기

글쓰기를 흔히 건축에 비유합니다. 목차 구성은 건축물의 뼈대를 세우는 일로 여겨집니다. 제 생각은 다릅니다. 목차 구성은 건축물의 도면을 그리고 터를 파고 골조를 올리는 데 그치지 않고 천장, 벽, 바닥 마감 공사와 가구 배치까지 포함하는 개념입니다. 입주할 사람은(글을 쓸 사람은) 설계된 평면 계획 내에서(구성 내에서) 자유롭게 가구를(문단을) 배치하는 겁니다.

목차는 상세할수록 좋습니다. 긴 글이라면 장별로, 짧은 글이라면 문단별로 개요는 물론이고 분량까지 정하면 좋습니다. 세밀한 설계 없이 큰 그림만 그린 채로 집필 작업에 들어가면 앞부분이 지나치게 길거나 뒷부분이 갑작스럽게 끝나는 균형이 맞지 않는 글이 나올 수 있습니다. 장별로 원고 분량을 정해 두면 집필 일정도 계산하기 쉽습니다.

이번 장의 세부 목차는 다음과 같습니다. 제가 1차 목차 작업을 할 때 메모한 내용을 그대로 옮깁니다. 최종 발행된 버전과 비교하면 다소 차이가 있습니다. 목차를 짤 때는 200자 원고지 40매 분량이었는데, 실제로는 43매가 나왔습니다.

3장. 구성: 어떻게 쓸 것인가 (40매)

　　　3-1장. 도면: 건축과 글 비유 / 목차는 상세할수록 좋다.

　　　/ 이번 장 목차 예시 / 목차 유형별로 분석, 문제 해결형

　　　/ 주제 해설형 / 결합형 / 연대기형 / Q&A형 (12매)

　　　3-2장. 강연: 플롯 / 강연 자료 만들듯 / 인텔 사례 (8매)

　　　3-3장. 분석: 분해해서 분석하기 / 슈독, 파타고니아의

　　　목차 / 매거진을 만든다면 (10매)

　　　3-4장. 논문 재구성 사례: 논문 소개 / 내용 발췌 /

　　　재구성 버전 (10매)

　　장에서 말할 주제를 절(節·section)로 나누고, 절에서
말할 소주제를 핵심어로 나누었습니다. 나중에 글을 쓸 때는
핵심어 순서대로 살을 채워 넣습니다. 칼럼처럼 짧은 글을 쓸
때는 문단 흐름을 위 목차처럼 구성합니다. 핵심어 하나가
문단 하나가 됩니다. 문단의 개수와 분량까지 정했다면
집필을 시작합니다. 물론 글을 쓰는 동안 목차가 바뀔 수
있습니다. 쓰면서 알게 되는 것들이 많으니까요. 그래도 그걸
깨닫기 전까지는 최대한 정밀하게 목차를 설계합니다.

　　목차는 작가가 말하고 싶은 것의 흐름입니다.
핵심부터 말할 수도 있고, 개인적 경험에서 시작해 개념과

통찰로 나아갈 수도 있습니다. 최근의 화젯거리로 물꼬를 틀 수도 있고요. 목차의 정석이랄 것은 없지만, 참고할 만한 레퍼런스는 있습니다. 《뉴욕타임스》 베스트셀러에 오른 인문·교양, 경제·경영, 자기 계발, 실용 분야 도서의 목차 유형을 살펴보겠습니다.

첫째, 문제 해결형입니다. 자기 계발서와 실용서가 주로 택하는 문법입니다. 각 장에서 문제를 지목하고, 해결책을 알려 주고, 마지막에 실천 항목이나 실습 과제, 요약문을 배치해 독자가 실행에 옮길 수 있도록 돕습니다. 제임스 클리어의 《아주 작은 습관의 힘》 같은 책이 대표적입니다.

둘째, 주제별 해설형입니다. 여러 개념이나 주제를 다룰 때 '부(part) → 장(chapter) → 절(section)' 구조처럼 대주제를 나누고 다시 소주제를 나누어 해설하는 방식입니다. 예를 들어 특정 기업을 분석하는 책이라면 '1장: 역사, 2장: 리더십, 3장: 조직 문화' 식으로 영역을 구분하고, 각 장에서 다시 절로 들어갑니다.

셋째, 스토리와 논리의 결합형입니다. 인문·교양, 경제·경영 도서에서 자주 볼 수 있는 방식이죠. 말콤 글래드웰, 애덤 그랜트, 사이먼 시넥 같은 작가가 이 방식을 즐겨 씁니다.

장마다 흥미로운 에피소드를 들려주고, 이론적 근거를
제시하면서, 작가가 전달하고 싶은 하나의 핵심 메시지를
거듭 강조하는 구성입니다.

넷째, 연대기형입니다. 회고록과 역사·정치
도서에서는 시간 흐름에 따라 이야기를 전개하는 목차가
많습니다. 특히 유명 인사의 회고록은 유년기, 성장기, 전환점,
현재 식으로 순서를 따라갑니다. 미셸 오바마의 《비커밍》도
시카고의 가난한 가정에서 태어난 흑인 여자아이의 삶에서
시작해 대학 시절, 변호사 시절, 퍼스트레이디 시절을 거쳐
현재 활동 순으로 전개되죠.

다섯째, 질의응답형입니다. 왜(why)로 접근하는
방식입니다. 독자가 궁금해할 만한 질문을 타이틀로 잡고,
장마다 질문에 대한 답을 제시합니다. 예컨대 리더십을 다룬
책이라면 '팀의 목표를 어떻게 설정해야 할까?', '왜 우리 팀은
서로 신뢰하지 못할까?' 같은 보편적인 질문과 작가의 고유한
답변이 하나의 장을 이룹니다.

목차 구성이 막막하다면 다섯 가지 유형 중에서
내 주제에 맞는 유형을 골라 보세요. 브랜딩 잘하는 법을
다룬다면 첫째 유형이 좋고, 브랜딩의 정의부터 역사,
최신 동향까지 두루 소개한다면 둘째 유형이 좋겠네요.

브랜딩이 잘된 사례를 중심으로 브랜딩의 원칙을 제시한다면 셋째 유형이 좋고, 브랜딩에 능했던 특정 인물의 삶을 이야기한다면 넷째 유형이 좋고, 브랜딩 입문하기가 주제라면 다섯째 유형이 좋습니다.

말하는 흐름

우리가 소설을 쓰는 건 아니지만, 논픽션 글쓰기에도 플롯은 필요합니다. 독자가 다음 이야기를 궁금해하도록 해야 하니까요. 플롯이라고 적고 나니 어딘지 거창해 보이지만, 사실 그리 대단한 게 아닙니다. E. M. 포스터의 말처럼 "왕이 죽자 왕비도 죽었다"가 이야기라면 "왕이 죽자 슬픔을 못 이겨 왕비도 죽었다"는 플롯입니다. 이야기 흐름에 약간의 긴장감을 더하는 정도로 이해하셔도 될 것 같습니다.

에디터로서 책 작업을 하다 보면 목차 구성에 애먹는 작가를 많이 만납니다. 그 분야를 잘 아는 전문가이지만, 책 집필은 처음이라 어디서부터 시작해야 할지 갈피를 잡지 못하는 것이죠. 인텔의 혁신과 몰락을 이야기하는 책을 쓰려는 젊은 교수가 있었습니다. 그 교수와 대화하며 책 내용을 잠깐 들었는데, 이 책 잘되겠다 싶었습니다. 저자가 워낙 말솜씨도 좋고, 인텔 관계자도 많이 알아 회사의 뒷이야기까지 쓸 수 있었습니다. 인텔의 흥망성쇠를 따라가다 보면 반도체 산업 전반을 짚을 수 있겠다 싶었죠.

열흘쯤 지나 목차를 받았는데, 대화 나눌 때의 인상과는 완전히 다른 책이 되어 있었습니다. 1장의 제목이 '반도체의 역사'였습니다. 1장에서 다룰 소주제 중에 '모래에서 탄생한 황금'도 보였습니다. 많은 예비 저자가 하는 실수입니다. 책이라고 하면 왠지 엄숙하고 웅장해야만 한다고 생각합니다. 그러나 첫머리에 반도체의 역사가 나오는 경제·경영 도서를 읽고 싶어 하는 독자는 드물겠죠.

전화로 간단한 조언을 드렸습니다. 첫 책을 준비하는 저자에게 자주 드리는 말씀이기도 합니다.

"교수님, 책을 쓰신다고 생각하지 마시고 강연을 하신다고 생각하시면 좋습니다. 목차 구성은 강의 슬라이드를 만드는 것하고 거의 같습니다. 인텔에 대해 강의하실 때 슬라이드 첫 장으로 어떤 걸 쓰세요?"

그랬더니 강연할 때는 첫 슬라이드로 이걸 넣는다고 했습니다.

페어차일드 반도체를 설립한 여덟 명의 공학자, 1960년 / 사진: 웨인 밀러

　　　　1957년 쇼클리 반도체를 떠나 페어차일드 반도체를
설립한 여덟 명의 공학자입니다. 훗날 '8인의 배신자'로
불리죠. 지금의 실리콘밸리를 만든 사람들입니다. 그중
로버트 노이스와 고든 무어는 1968년 페어차일드를 나와
인텔을 설립합니다. 저 사진이 책의 시작이어야 합니다.
전설적인 물리학자 쇼클리의 독단적인 회사 운영에 반기를
들고 새로운 도전에 나서는 순간이 눈앞에 펼쳐져야 합니다.

　　　　　목차를 만들 때는 너무 엄숙해지지 않았으면 합니다.
목차를 짜기 어렵다면 강연 슬라이드를 만든다고 생각하고
흐름을 잡아 보세요. 글을 쓰는 게 아니라 모르는 사람에게
말로 설명하듯 생각의 흐름을 설계하는 겁니다. 책과 강연의
포맷이 달라서 강연 슬라이드를 그대로 책의 목차로 쓸 수는
없지만, 조금만 손봐도 훌륭한 목차가 됩니다.

분해하고 분석하는 훈련

목차를 잘 짜려면 잘 짜인 목차를 분해해서 분석하는 훈련을
해야 합니다. 짜임새가 있는 책의 목차를 뜯어보는 거죠.
책이라면 목차를 살피고, 글이라면 문단 구성을 살핍니다.
예를 들어 브랜드의 역사를 담은 책을 쓰기로 했다고 가정해
볼게요. 몇 권의 참고 도서가 떠오릅니다. 먼저, 나이키 창업자
필 나이트의 자서전 《슈독(Shoe Dog)》입니다.

1부

　　1962년, 미친 생각

　　1963년, 성공할 수 있을까?

　　1964년, 자동차에서 신발을 팔다

　　1965년, 자기자본 딜레마

　　1966년, 말보로 맨과의 전쟁

　　(…)

총 2부 구성인데, 1부는 1962~1975년, 2부는
1975~1980년의 일을 담고 있습니다. 책의 시작과 끝에는
'동틀 녘', '해 질 녘'이라는 제목으로 프롤로그와 에필로그가

있습니다. 창업을 결심한 때부터 큰 성공을 거두기까지
해마다 있었던 일을 편년체로 구성했습니다. 구성 자체는
새로울 게 없지만, 단돈 50달러로 시작한 신발 보따리 장사가
글로벌 대기업으로 성장하는 모험담이 담겨 있어 술술
읽힙니다.

다음은 《파타고니아, 파도가 칠 때는 서핑을》입니다.
파타고니아 창업자 이본 쉬나드의 60년 경영 철학을 담은
책입니다.

1. 역사

2. 철학

제품 디자인 철학

생산 철학

유통 철학

마케팅 철학

재무 철학

인사 철학

경영 철학

환경 철학

미션을 강조하는 회사답게 본문 분량의 70퍼센트를 철학이 차지합니다. 이 책 역시 앞뒤로 프롤로그와 에필로그가 붙습니다. 《슈독》이 달리기에 미친 괴짜의 모험기라면 《파타고니아, 파도가 칠 때는 서핑을》은 지구에 미친 사업가의 경영 철학서입니다. 저는 이 책을 집에 한 권, 사무실에 한 권 놓아두고 경영 지침서처럼 읽고 있습니다.

두 목차 중에 무엇이 더 좋다고 할 수는 없습니다. 내 기획에 적합한 레퍼런스를 몇 개 찾고, 장점을 취합해 내 것에 맞게 변용해 쓰면 됩니다. 브랜드의 역사를 담은 책을 기획하면서 창업자 스토리에 중점을 둔다면 나이키식 구성이 좋고, 브랜드 정체성을 강조하고 싶다면 파타고니아식 구성이 좋겠죠.

예를 하나 더 들어 볼까요. 지금부터 우리는 매거진을 창간할 겁니다. 주제는 뭐가 좋을까요. 기후 위기를 다루는 월간지로 해보겠습니다. 잡지 이름은 《핫핫(hothot)》입니다. 경쾌하고 위트 있는 환경 전문지입니다. 25~34세 독자가 타깃입니다. 이 잡지의 구성은 어떻게 짜야 할까요.

나이키, 파타고니아의 예시처럼 레퍼런스가 될 만한 잡지를 '뜯어서' 봐야 합니다. 《아파르타멘토》, 《뽀빠이》, 《매거진 B》, 《뉴필로소퍼》 등 여러 잡지 중에서 내가 만들고

싶은 톤앤매너를 지닌 잡지를 고릅니다. 내가 그 잡지의
스타일을 왜 좋아했는지 이유를 찾아야 합니다. 그 잡지가 첫
장부터 마지막 장까지 어떤 흐름으로 전개되는지 조사합니다.
이런 식입니다.

페이지별로 레이아웃을 조사한 페이지네이션

　　　이 작업을 페이지네이션(pagination)이라고 합니다.
잡지의 레이아웃에는 크게 세 가지 유형이 있습니다. 전면이
이미지이거나, 글이거나, 글과 이미지가 섞인 형태입니다.
이 중에서 글과 이미지의 혼합은 배치 형태에 따라 또 여러
가지로 나뉠 수 있겠죠. 요즘 잡지의 레이아웃을 살펴보면
대개 예닐곱 개의 레이아웃을 활용하는데, 페이지별로 어떤
레이아웃을 썼는지 기록하는 작업이 페이지네이션입니다.
　　　페이지네이션을 완성하면 내가 그 잡지의

톤앤매너를 좋아한 이유를 알 수 있습니다. 《킨포크》를 보면서 눈이 편안하다고 느꼈는데, 이제 보니 전면이 글인 페이지가 3쪽 이상 이어지지 않는구나, 하는 것을 알아차리게 됩니다. 어떤 잡지는 화보가 강해 보였고, 어떤 잡지는 화보가 있어도 강하지 않다고 느꼈는데, 화보가 강력해지려면 8쪽 이상 연속해서 전면 이미지를 배치해야 하는구나, 하는 것도 알게 되죠. 그냥 좋은 것에서 왜 좋은지 알게 됩니다.

　　책이든 칼럼이든 보고서든 이메일이든 더 잘 쓰고 싶다면 내가 좋아하는 것, 참고하고 싶은 것을 분해해서 분석하는 훈련이 필요합니다. 영화감독을 준비하는 사람이 존경하는 감독의 영화를 보면서 감탄만 하고 있지는 않을 겁니다. 아, 여기서 빛을 이렇게 쐈구나, 앵글을 저렇게 가져갔구나, 하면서 보겠죠. 마찬가지로 글의 구성을 짤 때도 좋은 글의 구성을 뜯어서 봐야 합니다.

　　나열에서 배열로

여러분은 에디터가 되어 다음의 글을 책으로 만들 겁니다. 기획과 구성을 해야 합니다. 책의 핵심을 한 줄로 요약하고,

목차를 만들어야 합니다. 우리가 다룰 원석은 논문입니다.
논문의 제목은 〈축구 국가대표팀 감독 경험에 대한 자문화
기술지〉입니다. 논문 목차에서 이론적 배경이나 연구
방법 같은 논문 특유의 항목은 생략하고 연구 결과 부분만
옮기겠습니다.

Ⅰ. 서론

  1. 연구의 필요성 및 목적

  (⋯)

Ⅳ. 연구 결과

    1. 새로운 시작: 청소년대표팀

      1) 경기 운영 관리

      2) 팀 조직 관리

    2. 준비된 결실: 올림픽대표팀

      1) 경기 운영 관리

      2) 팀 조직 관리

    3. 또 다른 도전: 월드컵대표팀

      1) 경기 운영 관리

      2) 팀 조직 관리

  Ⅴ. 결론 및 제언

자문화 기술이란 연구자가 개인의 경험을
이야기하는 연구 방법입니다. 그렇다면 연구자는 한국 축구
청소년대표팀, 올림픽대표팀, 월드컵대표팀의 감독을 모두
경험한 사람일 텐데, 누구일까요. 바로 홍명보 감독의 2016년
박사 학위 논문입니다. 100페이지가 조금 넘는 분량입니다.
연구 결과의 일부를 옮깁니다.

잘되는 팀과 안 되는 팀은 벤치 멤버들의 모습만 봐도
안다. 그런 면에서 올림픽대표팀 선수들은 주전과 비주전
선수들의 단합이 잘됐고, 하는 행동만 봐서는 누가 주전이고
누가 후보 선수인지 구별하기 힘들 정도였다.

영국전이 끝나고 브라질전을 준비하면서, 골키퍼 정성룡과
수비수 김창수가 심하게 부상을 입었다. 그 둘은 혹시라도
귀국 명령이 떨어질까 노심초사하고 있었고, 이러한
상황에서 나는 '아프면 런던에서 수술하면 되니까 먼저 집에
갈 생각은 하지 마. 우린 한 팀이야. 꼭 같이 한국에 들어간다.
그러니 빨리 회복해서 다음 경기를 준비하자'고 얘기했다.

상황이 이렇게 되면서 파주 NFC(축구 국가대표팀

훈련장)에서부터 식단을 챙겨 온 김형채 조리장이 선수촌에 출입하지 못하게 되었고 선수들의 경기 외적 편의를 위한 한식을 먹지 못하게 되었다.

여러분이 이 논문을 대중서로 만든다면 목차를 어떻게 구성하시겠어요? 저는 2017년에 논문을 접하고 대중서로 펴내도 충분히 통하겠다고 생각했습니다. 한국에서 축구 청소년대표팀, 올림픽대표팀, 월드컵대표팀 감독을 모두 경험한 사람은 거의 없으니까요. 다시 말해 저자만 말할 수 있는 주제였습니다.

다른 곳에 뺏길까 봐 서둘러 목차 작업을 하고 홍 감독을 만나 출간을 제안했습니다. 책 제목은 가칭 '감독의 리더십'이었습니다. 홍 감독도 출간에 동의했죠. 그런데 본격적인 원고 작업에 들어갈 무렵, 홍 감독이 대한축구협회 전무 이사로 선임되며 상황이 복잡해졌습니다. 축구협회 중역이 감독의 리더십에 관한 책을 내면, 현 감독의 리더십을 흔드는 것처럼 비칠 수 있었죠. 결국 이 책은 출간되지 못했는데요, 이렇게 또 쓰이네요. 당시 제가 제안한 목차는 이랬습니다.

프롤로그: 감독이란 무엇인가

1장. 팀보다 위대한 선수는 없다

2장. 팀을 손바닥처럼 파악하라

3장. 감독실 문턱을 낮춰라

4장. 사소한 것부터 챙겨라

5장. 주전과 비주전을 통합하라

6장. 간결한 목표를 제시하라

7장. 구성원의 심리 상태까지 파악하라

8장. 코칭스태프를 두 번째 감독으로 대우하라

9장. 때로는 정신적 압박을 활용하라

10장. 경기 외적인 측면까지 관리하라

에필로그: one team, one spirit, one goal

논문의 연구 결과에서 청소년대표팀, 올림픽대표팀, 월드컵대표팀 챕터에 흩어져 있는 홍 감독의 경기 운영 관리, 팀 조직 관리 에피소드를 취합한 다음, 개념화해 재배치하니 이런 목차가 나왔습니다. 축구 국가대표팀 감독이라는 아주 특별한 경험을 바탕으로 한 리더십 도서가 된 거죠. 논문을 바탕으로 뼈대를 잡고, 내용이 빈약한 장은 홍 감독에게 추가 원고 집필을 요청해 완성할 계획이었습니다.

독자는 정보를 읽지 않습니다. 맥락을 읽습니다. 목차를 구성할 때는 정보를 단순 나열해서는 안 됩니다. 맥락에 따라 배열해야 합니다. 그래야 정보의 부가 가치가 올라갑니다.

독자: 이야기의 시작과 끝

(가)와 (나), 두 가지 서비스가 있습니다. (가)는 사용자 수가 100명입니다. 사용자들은 (가)에 열광합니다. 이 서비스 없이 어떻게 살았는지 모르겠다고 말합니다. 틈만 나면 (가) 서비스에 접속해서 시간을 보냅니다. (나)는 사용자 수가 1만 명입니다. 사용자들은 (나)를 나쁘지 않게 평가합니다. 그럭저럭 쓸 만한 서비스라고 생각하죠. (가)와 (나) 중에서 우버, 에어비앤비 같은 글로벌 서비스로 발전할 수 있는 곳은 어디일까요?

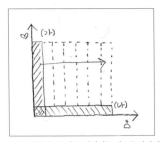

x축은 사용자 수, y축은 열광하는 정도를 나타낸다.

정답은 (가)입니다. 세계에서 가장 영향력 있는 스타트업 액셀러레이터인 와이콤비네이터(Y-combinator)의

창립자 폴 그레이엄의 주장입니다. 와이콤비네이터는 창업 초기 기업을 선발해 투자하고 코칭하는 곳인데, 에어비앤비, 드롭박스, 코인베이스, 스트라이프, 트위치, 레딧 등 다수의 글로벌 기업이 와이콤비네이터 출신입니다.

폴 그레이엄의 주장은 이렇습니다. 수백 곳이 넘는 스타트업에 투자하고 초기 성장을 지켜봤더니, (가) 유형이 유니콘이 될 확률이 더 높더라는 것입니다. 소수의 사용자가 열광하는 서비스를 다수가 이용하도록 사용자층을 확장할 수는 있어도, 다수가 적당히 만족하는 서비스를 다수가 열광하는 서비스로 탈바꿈시키는 건 불가능에 가깝다는 통찰입니다.

페이스북이 대표적입니다. 마크 저커버그는 하버드대학교 2학년 때 페이스북을 만들었습니다. 당시 서비스명은 페이스매시(Facemash)였습니다. 페이스매시는 하버드 여학생 사진을 일대일로 띄워 놓고 외모를 평가하는 프로그램이었습니다. 하버드 남학생들이 열광하자 저커버그는 깨닫습니다. 남학생이 하버드에만 있는 건 아니라는 사실을요. 이내 또 깨닫습니다. 여학생도 같은 니즈가 있다는 것을요. 또 알게 되죠. 미국 밖에도, 대학생 외에도 연결되고 싶은 욕구가 있다는 걸 말입니다.

페이스북의 탄생입니다.

저는 글쓰기도 그래야 한다고 믿습니다. 곤충에 관한 글을 올리는 사이트를 만든다면 '곤충닷컴'이 아니라 '바퀴벌레닷컴'을 만들어야 합니다. 바퀴벌레 이야기만 쓰는 겁니다. 바퀴벌레에 비상한 관심을 가진 사람이 전국에 100명은 될 겁니다. 그들이 열광하는 서비스를 먼저 제공합니다. 그러고 나서 점차 여치, 메뚜기, 사마귀, 딱정벌레, 개미로 범위를 넓혀 가면 언젠가 곤충닷컴이 될 수 있습니다. 하지만 처음부터 곤충닷컴으로 시작하면 아무도 찾지 않는 사이트가 될 겁니다. 기성 인터넷 곤충 커뮤니티를 이길 수 없습니다.

적중할 타깃이 없으면 방아쇠를 당길 수 없습니다. 그리고 타깃은 좁을수록 좋습니다.

구체적 독자의 개별적 경험

고객 세분화(segmentation)는 글쓰기에도 필요합니다. 독자를 알아야 독자에게 필요한 글을 쓸 수 있죠. 타깃 독자가 어디까지 알고 어디부터 모르고 무엇을 알고 싶어 하는지

정확하게 파악하면 글의 주제, 깊이, 범위, 방향을 세밀하게
조정할 수 있습니다.

독자 세분화에는 여러 방식이 있습니다. 독자를 나이,
성별, 직업, 소득, 거주지 같은 인구 통계학적 특성으로 구분할
수 있고, 관심사와 라이프스타일 같은 심리적·행동적 요소로
구분할 수도 있습니다. 목적과 상황, 시간 같은 읽기 맥락에
따른 구분도 가능합니다. 예컨대 출퇴근 시간에 읽는 글,
부모가 되기 전에 읽는 글 같은 식입니다.

데이터에는 감정을 이입하기 어렵죠. 그래서 독자
데이터를 분석해 가상의 독자를 만들기도 합니다. 영국 잡지
《모노클》은 독자 페르소나를 이렇게 설정합니다. "MBA
학위를 갖고 있고, 연간 10회 이상 해외여행과 출장을 다니며,
연평균 소득이 30만 달러 이상인 도시 거주자." 이런 사람이
관심 가질 법한 국제 정세, 산업, 문화, 라이프스타일 기사를
씁니다.

나쁘지 않은 방법입니다. 몇 해 전에 저희 팀도 독자
데이터를 분석해 북저널리즘 독자의 페르소나를 그렸더니,
이런 사람이 나왔습니다.

"25~34세이고, 서울시 중구, 강남구, 서초구, 마포구,
영등포구, 송파구, 성남시 분당구에 주로 거주하며, 아이폰과

크롬을 사용하고, 오전 8~9시와 오후 5~6시에 집중적으로 접속해, 하루 평균 7분을 사용하고, 국제 정세와 테크, 기후 위기, 다양성, 라이프스타일에 관심이 많은 스타트업과 지식 산업 종사자."

그런데 저는 콘텐츠를 만들 때 독자 페르소나를 생각하진 않습니다. 독자 데이터를 참고는 하지만, 데이터를 의사 결정의 맨 앞에 두지는 않죠. 데이터는 합리적 의사 결정의 바탕이 되지만, 구체적 독자의 개별적 경험을 설명하지 못하기 때문입니다. 저는 얼굴 없는 다수의 경향을 가리키는 추상의 독자보다 얼굴과 이름을 알고 있는 구상의 독자에 천착합니다. 커뮤니티 프로그램을 열어 독자를 만나는 이유이기도 합니다.

저는 제가 아는 독자를 떠올리며 책과 피처 기사를 만듭니다. 김호진 씨는 이 주제를 좋아할까, 이다혜 씨는 이 단락을 궁금해할까, 생각하는 겁니다. 데이터로 존재하는 30대 초반 독자는 분석의 대상이지만, 얼굴과 이름을 아는 독자는 공감의 대상입니다. 작가를 더 잘 쓰게 합니다. 불특정 다수에게 쓴 연애편지에 감동할 수 있을까요. 그 사람에게 써야 합니다.

에디토리얼 라이팅은 설명하고 주장하고 설득하는
글쓰기입니다. 대상을 분명히 정하기만 해도 글의 방향이
정해져 글의 목적을 더 쉽게 달성할 수 있습니다. 타깃 독자를
명확히 인지하기만 해도 글의 구조와 내용, 심지어 문체까지
훨씬 정교해집니다. 예를 들어 방송법 개정을 주제로 칼럼을
쓴다면 누가 읽을지에 따라 글에서 강조해야 하는 부분이
달라집니다.

법률 입안자나 정책 실무진이 읽을 글이라면 글에서
주장하는 내용이 실현될 수 있도록 시사점과 로드맵 제시에
중점을 둡니다. 현장감 있는 사례와 통계, 정책 제안을
구체적으로 담습니다. 왜 이 문제가 시급한지, 어떻게 개선할
수 있는지 논리적으로 제시합니다.

언론학회 소식지에 실리는 글이라면 주장의 이론적
배경과 선행 연구를 제시하되, 새로운 접근 방식이나 독창적
시각을 보여 주는 것이 핵심입니다. 기존 문헌과의 차이를
분명히 밝히고, 정성적 데이터 분석이 어떻게 설계되고
진행되었는지 서술합니다.

일간지에 기고하는 글이라면 서사성을 강조합니다.

사례로 시작해서, 연구와 통계를 연결하고, 분명한 메시지와 통찰로 마무리합니다. 거꾸로 놀라운 통계를 먼저 던지고, 인물과 사건 이야기로 넘어가도 좋습니다. 중요한 점은 통계와 사례를 섞는 것입니다.

미국 저널리스트 베스 메이시가 이걸 잘합니다. 메이시의 베스트셀러 《돕식(Dopesick)》은 미국 오피오이드 위기를 다루면서 마약 중독으로 고통받는 개별 환자와 가족의 이야기를 전면에 배치합니다. 그런 다음 제약 회사의 처방 수치나 정책 변화를 분석합니다. 사례와 통계를 매끄럽게 이어 붙인 덕분에 독자는 드라마를 보는 듯한 경험을 하게 됩니다.

일반 독자를 대상으로 쓴다고 해서 전문성을 양보하면서까지 쉽게 쓸 필요는 없습니다. 최재천 이화여대 석좌 교수는 '과학의 대중화'가 아니라 '대중의 과학화'를 해야 한다고 말합니다. '과학의 대중화'라고 하니까 대중서를 쓰고 대중 강연을 하는 과학자들이 어려운 이야기는 피하고 자꾸 흥미 위주의 주변부 이야기만 하려고 한다는 지적입니다. 어려워도 알릴 건 알려야 합니다. 리처드 도킨스의 책이 심오한 내용을 담고 있어도 잘 읽히는 것처럼, 어려운 내용도 누구나 이해할 수 있게 써야 합니다. 그게 좋은 글쓰기입니다.

독자의 읽기 매체도 고려합니다. 종이책이라면 독자가 앉은 자리에서 한 번에 끝까지 읽기는 어렵겠죠. 목차를 잘게 쪼개 독자가 끊어 읽어도 독서 경험이 무너지지 않게 합니다. 최근 출판 트렌드이기도 합니다. 요즘 나오는 책들은 한 절이 3쪽 내외인 경우가 많습니다. 짧은 글에 익숙한 독자가 늘어나니까 목차 구성이 촘촘해졌죠.

A4 용지에 출력한 글은 회의나 세미나처럼 목적이 뚜렷한 상황에서 주로 읽힙니다. 이때 독자는 특정 정보나 결론부터 찾아보는 경향이 있으니, 글의 구조화에 공을 들이면 좋습니다. 핵심을 강조하는 볼드체, 소제목, 요점 정리 도표 등을 넣어 독자가 필요한 정보를 신속히 포착할 수 있게 합니다. '요약-분석-세부 정보' 식의 피라미드형 구조가 바람직합니다.

컴퓨터 화면으로 읽는 글에는 하이퍼링크를 활용합니다. 국내 언론은 독자가 기사 밖으로 이탈하지 않게 하려고 본문에 링크를 달지 않는 편이지만, 해외 매체는 관련 기사나 외부 자료로 연결되는 링크를 적극적으로 활용합니다. 인터넷에 접속해 읽는 글이라면 인터넷의 장점을 최대한 살려야 합니다. 종이가 할 수 없는 일을 해야죠.

핸드폰으로 읽는 글에서는 간결함이 관건입니다.

핵심을 첫머리에 배치합니다. 미국 매체 〈악시오스〉는 기사 상단에 요약문을 넣어 바쁜 독자가 기사의 요점만 빠르게 파악할 수 있게 합니다. 더 깊은 분석을 원하는 독자를 위해서는 요약문 아래에 '깊이 읽기(Go deeper)' 링크를 넣어 선택지를 넓혀 줍니다. 또 핸드폰에선 화면 크기가 작아서 문단이 너무 길면 독자가 숨쉴 틈이 없습니다. 문단을 자주 나눕니다.

피드백 루프

기획과 구성을 확정했다면 실제 타깃 독자에 해당하는 사람에게 보여 주고 반응을 확인합니다. 친구와 가족은 — 작가의 정신 건강에 유익한 — 정서적 피드백을 주지만, 타깃 독자는 실질적 피드백을 줍니다. 작가의 의도와 독자의 반응 사이에 있는 거리를 확인하고, 피드백을 바탕으로 글을 업그레이드합니다.

　　　피드백을 얻을 때는 구체적인 질문 목록을 작성합니다. 원고를 보여 주며 막연히 '어떤가?'라고 물으면 '괜찮다' 혹은 '글쎄' 같은 비생산적인 답변이 돌아올 가능성이

큽니다. '목차 흐름이 어색하지는 않나?', '주장의 타당성이
느껴졌나?', '사례에 공감이 됐나?'처럼 구체적이고 개방적인
질문을 준비하면 좋습니다.

글이 발전하는 과정은 앱이 업데이트되는 과정과
거의 같습니다. 사용자의 피드백을 반영해 수정 과정을
거치면 사용자에게 더 필요한 글이 됩니다. 만족도가 올라갈
수밖에 없습니다. 피드백은 한 번 받고 끝내는 게 아니라 반복
구조를 갖춰야 합니다. '기획 → 피드백 → 구성 → 피드백 →
집필 → 피드백 → 수정 → 피드백' 식으로 독자 반응을 계속
확인하며 점진적으로 완성도를 높여 나갑니다.

물론 모든 피드백이 진리는 아닙니다. 독자의
지적이 작가의 의도와 맞지 않을 수 있습니다. 피드백은
작가가 이야기에서 놓친 부분을 채워 주는 것이지, 전혀
다른 이야기를 만들게 하는 것이 아닙니다. 필요와 불필요를
구분해 선택적으로 반영하는 안목이 있어야 합니다. 한
가지는 분명합니다. 작가가 특정 대목에서 가졌던 작은 불안
— 당장 고칠 정도는 아니지만 내심 찜찜했던 대목 — 을
독자가 지적하면 반드시 고쳐야 합니다.

피드백 루프는 원고가 발행된 이후에도 계속됩니다.
이때는 독자의 읽기 데이터를 활용합니다. 조회 수와

체류 시간, 읽은 시간 같은 단순 지표만 살펴봐도 충분한 힌트를 얻을 수 있습니다. '이번 글에는 왜 독자들이 오래 머물렀을까?'를 생각하며 주제, 서사, 문체를 되돌아봅니다. 독자 피드백도 직접 청취합니다. 댓글, 이메일, 소셜 미디어 메시지를 들여다보면 숫자로 잡히지 않는 독자의 생생한 반응을 파악할 수 있습니다.

결국 더 잘 쓰기 위해서입니다. 작가가 내놓은 글의 어느 대목에서 독자의 시선이 머물거나 이탈하는지 살피면, 자연스럽게 다음 글쓰기의 방향성을 발견할 수 있습니다.

일정: 장기적 시간관념

많은 작가가 '빈 페이지 증후군(blank page syndrome)'을
겪습니다. 아이디어가 머릿속에 가득하고 말로 할 때는
내용이 술술 나오는데, 막상 제한 없이 시간이 주어지면
생각이 문장으로 옮겨지기까지 무한정 오래 걸릴 수
있습니다. 굳이 논리적인 근거를 보태자면 인간은 본능적으로
안락 지대(comfort zone)를 중시하기 때문입니다. 가장
완벽한 빈 페이지를 벗어나기 힘들죠.

표도르 도스토옙스키는 도박 중독자였습니다.
출판사에서 원고료를 가불해서 도박을 했고, 모든 재능이
작문에만 쏠렸는지 도박에는 재주가 없었고, 결국 도박 빚을
갚기 위해 글을 썼습니다. 극도로 짧은 마감 기한에 쫓겨 가며
26일 만에 쓴 장편 소설이 《도박사》입니다. 도스토옙스키의
다른 저작과 달리 작품의 예술성에 대한 평가는 갈리지만,
극심한 마감의 압박이 없었다면 단기간에 원고를 완성하지
못했을 거라는 점만은 분명합니다.

마감은 작가에게 안락 지대를 떠날 수밖에 없도록
하는 외부 제약으로 작동합니다. 강제적 시간이 주어지면서
오히려 창의성이 마감을 향해 폭발적으로 응집되는

역설이 발생합니다. 마감은 작가의 삶을 관통하는 가장 불가피하면서도 생산적인 압력입니다. 연구와 철학은 이론적 자유 속에서 탄생하지만, 저술은 현실적 마감 속에서 완성됩니다.

제가 작가에게 자주 듣는 말 중에 가장 믿지 않는 말이 '다음에 시간 날 때 한번 써보려고요'입니다. 책을 100권 넘게 냈지만, 이제까지 시간이 나는 작가를 본 적이 없습니다. 시간이 날 때가 아니라 시간을 내서 써야 합니다. 언제까지 글을 마치겠다는 결의와 압박이 없으면 야심 차게 시작한 원고가 수많은 미완성 초고 더미 속으로 사라질 가능성이 큽니다.

글을 발행한다는 것은 어느 날 갑자기 순도 높은 원고가 뚝 하고 떨어지는 일이 아니라 장기적 일정 관리의 산물입니다. 많은 책을 펴낸 작가는 시간을 대하는 태도가 다릅니다. 몇 년 혹은 그 이상의 장기적 시간관념을 가지고 오늘, 이번 주, 이번 달에 해야 할 일을 계획합니다. 열심히 하다 보면 책 한 권 나오지 않겠냐, 하는 식의 낙관론은 무책임한 자기기만일 뿐입니다.

더글러스 애덤스가 이런 말을 했죠. "나는 마감일이 좋다. 그들이 슝 하고 지나가는 소리를 즐긴다(I love deadlines. I love the whooshing noise they make as they go by).” 농담 섞인 말이지만, 엄격한 마감이 없었다면《은하수를 여행하는 히치하이커를 위한 안내서》처럼 방대한 세계관을 구축한 작품은 나오지 않았을 겁니다. 마감은 작가를 궁지로 몰아붙여 기어코 쓰게 합니다.

계획하는 글쓰기

글의 주제와 구성과 분량을 정했다면 원고를 완성하는 데 걸리는 시간을 계산하고, 필요한 시간을 적극적으로 확보합니다. 아까 제가 글 쓸 시간이 나기를 기다리지 말고 시간을 내야 한다고 말씀드렸는데요, 결국 시간의 제로섬 게임입니다. 나의 예상 작업 패턴과 주요 일정을 확인하고 — 내 생활에서 포기할 건 포기하는 — 계획을 세웁니다.

예를 들어 A4 용지 10장 분량의 피처 기사를 쓰기로 했다고 가정할까요. 자료 조사와 취재는 마친 상태입니다. 초고 집필에만 20시간은 걸릴 것 같습니다. 그럼, 그 20시간을 어떻게든 확보합니다. 낮에는 직장에 다닌다면 월~금 저녁 8~12시에 씁니다. 한 주 동안은 저녁 약속이고 뭐고 없습니다.

주말 캠핑을 포기하거나, 며칠 휴가를 내서 집중적으로 쓸
수도 있겠죠.

긴 글을 쓸 때는 상세 목차를 기준으로 계획을
세웁니다. 200페이지 중반쯤 되는 일반적인 책 한 권은
200자 원고지 600매 분량입니다. A4 용지 1장을 꽉 채워 쓰면
원고지 9~10매가 나옵니다. 그러니까 책 한 권이 되려면 A4
용지 60~70장을 써야 하죠. 이 숫자만 보면 막막해집니다.
커서만 깜빡이는 빈 페이지를 60장 넘게 써야 한다니 갑갑할
수밖에요.

그러나 책은 장이 모여서 되고, 장은 절이 모여서
되고, 절은 문단이 모여서 되고, 문단은 문장이 모여서 됩니다.
목차를 세밀하게 구성했다면 오늘은 1장 1절, 내일은 1장 2절,
모레는 1장 3절, 이런 식으로 섹션별로 끊어서 집필합니다.
책이 아니라 A4 용지 1~2장짜리 칼럼을 쓴다고 생각하면 덜
부담스러워서 진도가 잘 나갑니다.

집필 일정을 세울 때는 글의 성격, 분량, 조사량을
고려합니다. 문헌 연구가 필수적인 학술서라면 조사 단계에
충분한 시간을 배분해야 합니다. 에세이라면 자료 조사는
필요 없지만, 좋은 생각과 표현을 하루아침에 만들어 낼 수는
없겠죠. 휴가를 내고 몰아서 집필하기보다는 매일 조금씩

집필하는 편이 좋습니다.

전체 일정을 쫙 펼쳤을 때는 기획과 구성, 1장 집필
같은 초반부가 차지하는 비중이 커야 합니다. 인텔 CEO를
지낸 전설적인 경영인 앤드루 그로브는 가능한 한 최저 가치
단계에서 생산 과정의 문제를 감지하고 해결해야 한다고
말합니다. 식당을 운영한다면 상한 달걀을 조리해서 고객에게
내갔을 때가 아니라 납품받을 때 알아내서 반품해야 한다는
거죠.

글도 마찬가지입니다. 완벽해 보였던 구성인데, 막상
집필을 시작하면 여기저기 허점이 드러납니다. 이때 교정하지
않고 일단 계속 써 내려가면 나중에는 문제가 너무 커져서
손쓸 수 없게 됩니다. 진도가 더 나가기 전에 — 가능한 한
최저 가치 단계에서 — 글의 방향성을 바로잡아야 합니다.
그래서 저희 팀은 작가와 책 작업을 할 때 프롤로그와 1장을
먼저 받아 글의 방향과 톤앤매너를 검토합니다.

집필 계획에 정답이 있지는 않습니다. 작가마다
사정이 다르고 쓸 내용이 다르니까요. 그러나 100명이 넘는
작가와 책 작업을 하면서 한 가지 경험칙이 생겼습니다.
일정을 넉넉하게 잡기보다는 약간 빡빡하게 잡을 때 더 좋은
결과물이 나온다는 것입니다.

북저널리즘 시리즈 종이책은 집필 기간으로 4주를 권장합니다. 시의성을 잃지 않기 위한 목적도 있지만, 집필 기간이 길어지면 작가의 집중력이 저하되어 콘텐츠 질이 떨어질 수 있습니다. 에디터는 장별로 원고를 받아서 작가와 수시로 소통하며 글이 딴 길로 빠지지 않도록 합니다.

A4 용지로 10~15장 분량의 디지털 콘텐츠는 집필 기간으로 1주를 권장합니다. 글의 성격에 따라 차이는 있지만, 피처 기사라면 월요일과 화요일에 글의 주제와 구성을 정하고, 수요일과 목요일에 초고를 쓰고, 금요일에 1차 퇴고, 토요일에 2차 퇴고를 합니다. 일요일은 혹시 모를 비상사태에 대비해 하루를 남겨 놓은 것인데, 특별한 일이 발생하지 않는다면 한 번 더 퇴고해도 좋습니다.

파킨슨의 법칙

일정을 관리하는 몇 가지 방법이 있습니다. 먼저, 일정을 거꾸로 세우는 방법입니다. 프로젝트에 필요한 시간의 양을 계산해 마감일을 잡습니다. 이 마감일을 기준으로 중요한 마일스톤을 역산해서 채워 넣습니다.

예를 들어 10월 31일까지 편집자에게 최종 원고를 넘긴다고 가정한다면, 10월 말까지 2차 퇴고를 하고, 10월 중순까지 1차 퇴고를 하고, 10월 초까지 초고를 완성하겠다는 식으로 일정을 쪼갭니다. 8~9월에는 장별로 마감 일정을 배치합니다. 원고 전체가 아니라 장별로 마감을 관리하면 일의 덩어리가 줄어들어 실현 가능성이 커집니다.

길지 않은 글을 쓸 때도 비슷한 방식을 적용할 수 있습니다. 타임박싱(timeboxing)을 사용하는 겁니다. 오늘 내가 투입할 수 있는 시간의 양을 계산해서 종료 시각을 설정합니다. 그 시각을 기준으로 역산해서 소주제별로 작업을 시작할 시간과 끝낼 시간을 정합니다. 예컨대 이번 장의 글이라면 이런 식입니다.

08:00~09:00 마감의 역설

09:00~10:00 계획하는 글쓰기

10:00~11:00 파킨슨의 법칙

11:00~12:00 쓰는 근육

12:00~13:00 식사, 휴식

13:00~14:00 1차 퇴고

경시 대회에 출전한 사람이 마감 시간 내에 문제를 풀어 제출하듯 시계를 봐가며 글을 씁니다. 완벽한 글을 쓰기보다 제한 시간 내 허용 가능한 글을 쓰는 게 목표입니다. 시간을 맞추려다 보면 어떤 절은 내용이 빈약해지기도 합니다. 그럴 때도 마감 시간 준수에 중점을 두고 일단 써 내려갑니다. 나중에 다시 보충해도 됩니다.

원고 할당량을 정하는 방식도 있습니다. 스티븐 킹이 대표적이죠. 킹은 생일과 공휴일을 포함해 1년 내내 글을 쓰는데, 한창때는 하루에 2000단어를 쓰지 않으면 문밖으로 나가지 않았다고 합니다. 2000단어는 A4 용지로 6~7장 분량입니다. 이렇게 두어 달쯤 글을 쓰면 책 한 권이 나옵니다. 글자 수, 페이지 수처럼 구체적인 목표를 정하면 의욕이 없을 때도 습관적으로 쓸 수 있습니다.

자주 일어나는 일은 아니지만, 쓰다 보면 더 쓸 수 있는 날이 있습니다. 그럴 때는 내일 쓰려고 했던 내용의 첫 문장이나 첫 문단까지만 쓰고 털고 나오는 편이 좋습니다. 우리 목표는 단숨에 몰아 쓰는 게 아니라 계속 쓰는 거니까요. 내일 쓸 내용을 남겨 놓으면 내일 책상에 앉았을 때 바로 작업에 착수할 수 있습니다.

파킨슨의 법칙(Parkinson's Law)을 활용할 수도 있습니다. 영국 역사학자인 파킨슨이 이런 말을 했죠. "당신이 어떤 일을 하는 데 하루 종일 시간이 있다면, 그 일은 아마 하루가 걸릴 것이다. 하지만 단 두 시간만 있다면 당신은 그 일을 두 시간 만에 할 방법을 찾아낼 것이다."

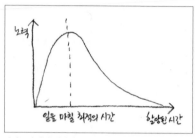

파킨슨의 법칙. 시간이 많을수록 시간을 낭비하게 된다.

사람은 어떤 작업을 맡게 되면 작업을 완료하는 데 필요한 시간이 얼마인지 생각하는 게 아니라, 작업에 주어진 시간이 얼마인지 생각하는 경향이 있습니다. 2주라는 기한을 받으면 2주를 모두 써야 하는 2주짜리 프로젝트가 되는 거죠. 파킨슨의 법칙을 응용해서 주어진 시간보다 조금 더 촉박하게 마감 기한을 잡는 것도 좋은 방법입니다.

다만 창의성은 어느 정도 유연한 사고와 여백에서 나온다는 점도 잊어서는 안 됩니다. 일정이 지나치게 빠듯하면 압박감으로 아예 손을 놓아 버리거나, 내용의 깊이가 얕아질 위험이 있습니다. 라이프스타일을 철저하게 분석해서 글쓰기에 투자할 수 있는 시간을 파악한 뒤, 적당한 긴장감을 유지할 수 있는 수준을 고민해야 합니다.

쓰는 근육

그동안 종이책을 100권 이상 발행하면서 여러 작가를 만났습니다. 작가마다 글을 쓰는 목적도 방식도 달랐지만, 고충은 비슷했습니다. 생각만큼 진도가 잘 나가지 않는다는 겁니다. 본업이 따로 있는 작가는 대개 주말에 몰아서 작업을 합니다. 주말 몇 번을 망치고 나면 집필 계획이 크게 틀어집니다. 마감이 다가올수록 마음은 급해지고 머리는 복잡해지죠.

누구보다 잘 아는 주제이고 글감도 충분한데 왜 책 한 권을 쓰는 건 이토록 어려울까요. 책을 쓰는 일은 장거리 달리기와 비슷합니다. '쓰는 근육'이 있어야 완주할 수 있습니다. 쓰는 근육은 조금씩이라도 매일 쓸 때 생깁니다. 단기간에 몰아서 쓰는 것도 이 근육이 붙은 사람만 할 수 있습니다.

김훈 작가의 작업실 벽에는 '필일오(必日五)'라고 적힌 종이가 붙어 있습니다. 무슨 일이 있어도 하루에 원고지 5매는 쓰겠다는 겁니다. 터키 작가 오르한 파묵은 엄격한 규율 속에서 작업합니다. 아침 7시에 "비상이 걸린 병사처럼" 벌떡 일어나 8분 만에 식탁에 앉고 16분 만에 집을 나가 집필실로 향합니다.

글을 완성하는 가장 빠른 방법은 나만의 루틴을 만드는 것입니다. 새벽도 좋고 밤도 좋습니다. 조용한 방이어도 좋고 북적이는 통근 버스 안이어도 좋습니다. 많은 시간을 투자하지 않아도 됩니다. 짧더라도 반복적으로 쓰는 것이 중요합니다. 축적이 변화를 낳습니다.

다작으로 유명한 작가들에게는 공통점이 있습니다. 때와 장소를 가리지 않고 쓴다는 것입니다. 젊은 시절 이문열 작가는 한 달에 원고지 300~400매를 썼다고 합니다. 두 달이면 책 한 권이 나오는 분량입니다. 몇 해 전 이 선생을 만나 물었습니다. 다작의 비결이 뭐냐고. 선호하는 작업 환경이나 시간대가 있으시냐고. 그가 말했습니다.

"그런 건 아마추어나 따지는 거죠. 나는 일어나면 바로 써요."

질문한 제가 부끄러웠습니다. 그렇습니다. 그냥 쓰는 겁니다.

쓰기: 쉽고 정확하게 쓰기

과학 잡지 《네이처》는 1869년 영국에서 창간됐습니다.
세계적인 과학 저널답게 창간 배경부터 경외심을
불러일으킵니다. 창간 10년 전인 1859년, 찰스 다윈이 《종의
기원》을 발표하면서 과학과 신학이 충돌합니다. 《네이처》는
과학적 토론의 장을 자처하며 등장합니다. 다윈도 《네이처》에
수십 편의 글을 기고했죠.

　　　창간 배경까지 알고 나면 이 저널이 더 대단해
보입니다. 일반 대중은 범접할 수 없는 난해한 학술지로
여겨집니다. 그런데 영국에서는 우리나라 대중 과학 잡지처럼
일반 가정집에 배달되는 잡지입니다. 가볍게 편집된 형식의
논문이 실리죠. 이런 대중성 덕분에 역설적으로 학문적
권위를 인정받고 있습니다.

　　　사회생물학자 최재천 이화여대 석좌 교수는
1980년대 미국 유학 시절에 개미를 연구했습니다. 당시 최
교수는 코스타리카 열대 우림에서 아즈텍 여왕개미들이
다른 종(種)의 개미들과 함께 살림을 차리고 사는 것을
발견했습니다. 자연계에서 전무후무한 발견이라 생각해
《네이처》에 논문을 보냈는데 게재를 거부당했습니다. 몇 번을

다시 보내도 결과는 같았죠.

게재 거부 소식을 또다시 접하고 씩씩대며 연구실로 들어오니까, 옆자리에 있던 대학원 동료가 논문 제목을 뭐라고 했는지 물었습니다. 최 교수가 답했죠.

"개미의 종간(種間) 협동과……."

동료가 웃으며 말하더랍니다.

"그걸 누가 읽겠어? '개미 세계의 베네통' 이런 제목을 붙였어야지."

칼럼이든 보고서든 논문이든 쉽게 써야 합니다. 전문성 있는 글이라고 쉽게 쓰기의 예외가 될 수 없습니다. 전문성을 포기하고 쉬운 내용을 쓰라는 게 아닙니다. 쉬운 문장으로 써야 한다는 겁니다. 아인슈타인이 그랬다고 하죠. 당신 할머니가 이해할 수 있도록 설명하지 못한다면 제대로 이해한 게 아니라고요.

과학적 글쓰기를 포함한 전문 분야 글쓰기일수록 쉽게 써야 합니다. 독자 중에 비전공자가 훨씬 더 많을 테니까요. 주제가 어려우면 문장이 어려울 수밖에 없다는 고정 관념, 전문성을 유지하기 위해선 전문 용어가 필수라는 막연한 믿음이 문장을 장황하고 난해하게 만듭니다. 리처드 파인만처럼 물리학 원리도 '농담하듯' 설명할 수 있어야

합니다. 전문 용어를 사용하지 않고도 정확하게 표현하려면
더 열심히 생각해야겠지만, 작가가 고생해야 독자가
편합니다.

《네이처》 기고문 가이드의 한 대목을 옮깁니다.

"다른 분야의 독자와 영어가 모국어가 아닌 독자가
이해할 수 있도록 명확하고 간단하게 써야 합니다. 전문
용어는 가능한 한 피하고, 불가피한 경우에는 명확하게
설명하세요. 특히 표준이 아닌 약어는 최소한으로
사용하세요. 연구의 배경과 근거, 결론을 명확하게
설명하세요. 전문적인 표현을 꼭 써야 할 때는 간결하게
설명하되, 가르치듯 설명해서는 안 됩니다."

찰스 다윈이 최후의 논문을 기고했던 《네이처》가
그렇답니다. 쉽게 써야 합니다.

이코노미스트 스타일

저는 미국 언론보다 영국 언론을 좋아합니다. 미국 신문의
국제 뉴스는 미국 중심적 시각이 강합니다. 해외 소식을
전하면서 그 사건이 미국에 어떤 의미인지를 중심에 둡니다.

반면 영국 신문은 해외 소식을 국제적 관점에서 전하는 편입니다. 17~20세기 제국의 경험과 영연방 네트워크가 남아 있어 세계를 더 넓게 바라보는 것 아닌가 짐작합니다.

영국 언론 중에는 《이코노미스트》, 《가디언》, 《인디펜던트》를 좋아합니다. 2018년에 세 언론사와 콘텐츠 파트너십을 맺고 런던에서 그들이 작업하는 방식을 볼 기회가 있었는데, 한국이나 영국이나 언론·출판 쪽은 똑같구나 싶었습니다. 마감을 앞두고 전화기를 꺼둔 작가는 거기에도 있었거든요. 세 곳 모두 훌륭한 회사지만, 이번 글에선 《이코노미스트》 이야기를 해보려 합니다.

《이코노미스트》는 자사 기자들에게 경쟁사를 앞지를 수 있는 영역이 두 가지밖에 없다고 강조합니다. 하나는 분석의 질, 다른 하나는 글쓰기의 질입니다. 《이코노미스트》의 기사는 깊이 있고 이해하기 쉽습니다. 한 번도 관심 가져 본 적 없는 시리아 군벌의 정치적 위기를 단숨에 읽게 하고, 중동 분쟁의 역사와 국제 정세의 역학까지 이해하게 합니다.

《이코노미스트》를 읽으면서 저는 분석의 질만큼이나 글쓰기의 질에 감탄했는데요, 《이코노미스트》는 어떻게 전문성을 잃지 않으면서도 쉽고 정확하게 쓸 수 있을까요.

말과 글을 다루는 일을 업으로 하는 사람으로서 감탄만 하고 있을 수는 없죠. 그래서 이들의 기사를 하나하나 뜯어봤습니다. 《이코노미스트》가 쉽고 정확하게 쓰는 비결은 여섯 가지로 정리할 수 있습니다.

첫째, 첫 문단을 짧고 직설적으로 씁니다. 서너 문장 안에 기사의 핵심을 요약합니다. 도입부를 읽으면 지금 어떤 일이 벌어지고 있고, 이 문제가 왜 중요한지 알 수 있습니다. 예컨대 이런 식입니다. "3년 만에 제대로 된 겨울이 찾아왔다. 에너지 논쟁에 다시 불이 붙었다. 유럽은 러시아산 가스로 다시 눈을 돌릴까? 푸틴과의 거래는 비참한 유럽의 경제를 더 악화할 수 있다." 배경지식이 없는 독자라도 '유럽이 러시아산 가스를 수입하다가 지금은 하지 않는데, 수입 재개 논의가 이루어지고 있구나. 이게 유럽 경제에 악수가 될 수 있나 보다' 하고 생각하게 됩니다. 다음 단락부터 꽤 복잡한 내용이 전개되지만, 독자는 흐름을 꽉 잡고 있어서 헤매지 않습니다.

둘째, 단락을 체계적으로 배치합니다. 리드에서 독자의 호기심을 유발했다면 결말까지 잘 안내해야겠죠. 그 길잡이가 맥락이고, 맥락은 논리적인 단락 배치에서 나옵니다. 단락은 사고의 단위입니다. 하나의 단락에 하나의 논점을 명확하게 제시합니다. 예컨대 기업의 재무 구조 분석

같은 복잡한 이슈를 다섯 단락으로 다룬다면 '①도입부에서 요점을 짧게 제시 → ②핵심 지표와 개념을 소개해 배경 정리 → ③현장 사례 → ④논평 → ⑤전망과 시사점' 순서로 글이 전개됩니다. 기사가 끝날 때쯤에 독자는 사건의 맥락과 전망을 이해했다는 만족감을 느끼게 됩니다.

셋째, 과장하지 않되 호기심을 유발하는 소제목을 활용합니다. 내용이 길고 복잡해도 글 중간중간에 적절한 소제목을 달면 독자가 필요할 때마다 참조할 수 있습니다. 아까 예로 든 러시아산 가스 관련 기사라면 제목은 '유럽이 푸틴의 가스로 돌아갈까?'로 붙입니다. 본문에서는 유럽이 가스 수입 재개를 검토하고 있다는 내용 앞에 '러시아 가스에 중독된 유럽'이라는 소제목을 붙이고, 가스 수입 재개가 유럽 연합(EU)의 분열을 가속할 것이라는 내용 앞에는 '두 개의 유럽'이라는 소제목을 붙입니다. 명료한 소제목을 달아 맥락 전환을 돕습니다.

넷째, 일상의 언어를 사용합니다. 현학적이고 웅변적인 문어체 대신 구어적 문장을 씁니다. 지적인 사람이 일상에서 대화하는 것처럼 글을 씁니다. 국제정치학 교수라고 동료와 점심을 먹으며 구성주의가 어떻고 코펜하겐학파가 어떻다고 복잡한 문장으로 대화하지 않습니다. 오히려 배경지식을 서로 갖추고 있어서 더 비공식적으로 말합니다. 《이코노미스트》는 'permit(허가하다)' 대신 'let', 'colony(동료)' 대신 'peer', 'present(선물하다)' 대신 'gift'를 씁니다. 전문 용어도 필요하면 써야 합니다. 그러나 전문 용어를 대체하는 일상의 언어가 있다면 쉬운 단어를 써야 합니다. 정형외과 학회 발표 자리가 아니라면 디스크를 추간판 탈출증이라고 쓸 이유가 없습니다.

다섯째, 복잡한 통계를 인용할 때는 데이터나 그래프를 짧게 언급하면서 숫자 자체가 아니라 숫자 간의 관계를 설명합니다. 데이터를 제시한 뒤에는 사례를 붙여 스토리텔링을 전개합니다. 《이코노미스트》의 목표는 독자에게 기자의 생각을 말하는 게 아니라 독자를 설득하는 것입니다. 설득은 숫자가 아니라 이야기로 하는 것이죠. 그렇다고 사례를 지나치게 많이 넣으면 메시지가 산만해집니다. 한두 가지 인상적인 사례를 소개한 다음, 개념화해 작가의 통찰로 이어 갑니다.

여섯째, 마지막 단락에서 기사 전체를 통찰하는 결론을 제시합니다. 《이코노미스트》는 향후 시나리오와 주요 변수를 전망하며 글을 끝맺는 경우가 많은데, 머리말에서 제기했던 문제의식을 소환해 독자에게 '지금까지 읽은 내용이 결국 무엇을 의미하는가?'라는 큰 그림을 그려 줍니다. 마지막 단락까지 읽고 나면 독자는 사건을 입체적으로 바라보는 시각을 얻습니다. 똑똑해지는 기분이 들게 하는 단락이죠.

《이코노미스트》는 복잡한 국제 정세와 경제 이슈를 가벼운 문체로 다루지만, 통찰은 가볍지 않습니다. 여섯 가지 원칙을 통해 전문 독자가 납득하고, 일반 독자가 크게 부담 없이 읽을 수 있는 고품질 기사를 만들어 냅니다.

간결한 완결성

미국에는 이런 말이 있습니다. "미안합니다. 짧게 쓸 시간이 없어서 긴 편지를 썼습니다." 한마디로 짧게 쓰는 게 더 어렵다는 뜻입니다. 북저널리즘도 완결성 있는 이야기를 간결한 문장으로 전하려고 합니다. 저희 팀은 이 미션을 '간결한 완결성'이라고 부릅니다. 여기서 완결성은 맥락 있음을 뜻하고, 간결함은 단문을 뜻합니다.

쉽게 쓰는 가장 좋은 방법은 단문으로 쓰는 겁니다. 단문은 하나의 주어와 서술어로 이루어진 문장입니다. 단문은 단순한 문법적 형식처럼 보이지만, 생각의 구조, 정보 전달 방식, 독자의 이해도까지 좌우합니다. 문장이 길고 복잡할수록 의미가 왜곡될 위험이 커지고, 독자가 중간에 길을 잃을 확률도 높아집니다. 예를 들어 다음 같은 복문을 보겠습니다.

> 기업은 시장 지배력이 강할수록 가격 결정의 유연성이 커지며, 이는 결과적으로 소비자 후생에 부정적 영향을 미칠 수 있지만, 동시에 투자 여력이 높아져 혁신을 촉진하는 상반된 효과를 일으킬 수 있다.

이 문장을 정확히 이해하려면 다시 앞으로 가서 몇 번을 읽어 봐야 합니다. 쓴 사람도 읽으면서 의미를 놓치는 문장이라면 독자는 오죽할까요. 이 문장을 단문으로 나눠 보겠습니다.

> 시장 지배력이 강한 기업은 가격을 쉽게 올릴 수 있다. 그만큼 소비자가 손해를 볼 가능성이 커진다. 하지만 그 덕분에 기업은 더 많은 자금을 확보해 그 돈을 기술 개발에 투자하기도 한다. 즉 가격 인상은 소비자에게 부정적이면서도 동시에 혁신을 촉진할 여지를 남긴다.

단문으로 쪼개면서 한 문장마다 하나의 강조점이 명확하게 드러났습니다. '시장 지배력 → 가격 인상 → 소비자 손해 → 투자 여력 → 혁신'으로 맥락이 선명해졌습니다. 문장은 생각의 단위이기 때문입니다. 맥락이 선명한 글은 이해하기 쉽습니다. 《이코노미스트》라면 이 문단 다음에 가격 인상 이후 혁신이 일어난 사례를 넣겠죠.

단문의 효능은 단순히 정보 전달의 효율성에 그치지 않습니다. 더 흥미로운 지점은 스토리텔링과 결합했을 때입니다. 짧은 문장이 사건을 툭툭 던지듯 제시하면 독자는 반사적으로 '다음은 어떤 일이 일어날까?'를 궁금해합니다. 이 흐름이 한 편의 영화 예고편 같기도 합니다. 다음 두 개의 문장을 함께 상상해 보실까요.

(가) 그가 오래된 나무 문을 힘겹게 열었더니, 지금까지 감춰져 있던 수많은 비밀이 마치 썩어 버린 낙엽처럼 우수수 쏟아져 나왔다.

(나) 그는 오래된 문을 열었다. 비밀이 쏟아졌다.

(가)는 공백 포함 69자, (나)는 공백 포함 24자입니다. (가)는 (나)보다 세 배 가까이 많은 정보를

담았지만, 오히려 긴장감이 떨어집니다. 상상할 여지가 없는 문장입니다. 그러나 (나)에서 독자는 '어떤 비밀일까?'라는 궁금증을 품게 됩니다. 인물의 감정과 상황, 사건 전개를 한 줄로 구체적으로 묘사할 수 있다면, 그 문장은 문학적인 효과를 낳기도 합니다. 단문의 간결함은 의도된 침묵이나 여백과 조화를 이루어 독자의 감정 이입을 유도합니다.

단문의 또 다른 장점은 속도감입니다. 단문을 사용하면 문장에 속도가 붙고, 속도가 붙으면 몰입도가 올라갑니다. 요즘 독자는 속도감에 민감합니다. '스크롤링'은 인쇄 매체에서의 '페이지 넘김'보다 훨씬 신속하게 이루어집니다. 문장의 속도가 독자의 손가락을 따라잡지 못하면 독자는 이탈합니다. 첫 문장부터 재밌거나 요긴해야 합니다. 그 재미와 의미가 한 문장에 농축될수록 효과적입니다.

속도감이 가장 잘 반영된 글쓰기가 연설문입니다. 정치 연설처럼 청중이 실시간으로 말을 듣고 이해해야 하는 상황에서 한 문장이 길고 구조가 복잡하면 청중은 말이 끝나기도 전에 문맥을 놓칠 수 있습니다. 에이브러햄 링컨, 수전 B. 앤서니, 윈스턴 처칠, 마틴 루터 킹, 넬슨 만델라, 버락 오바마의 명연설은 모두 짧고 반복적인 문장을 골격으로 합니다.

아래는 2022년 러시아의 우크라이나 침공 이후, 볼로디미르 젤렌스키 우크라이나 대통령의 대국민 연설과 해외 의회 연설을 종합해 각색한 내용입니다.

우리가 직면한 위협과 폭력에도 불구하고, 우리는 우리의 땅과 자유를 지키기 위해 끝까지 싸울 것이며, 아이들과 가정을 모두 지켜내 결국에는 승리를 쟁취할 것입니다.

나쁘지 않은 문장이지만, 결연한 의지가 크게 드러나지 않습니다. 전쟁 중인 국가의 수장이 할 만한 연설은 아닙니다. 이 문장을 단문으로 끊어 보겠습니다.

우리는 우리의 땅을 위해 싸울 것입니다.
우리는 우리의 자유를 위해 싸울 것입니다.
우리는 우리 아이들을 지킬 것입니다.
우리는 우리의 집을 지킬 것입니다.
그리고 끝내 승리할 것입니다.

'우리는 -할 것입니다'라는 문형을 반복해 메시지를

북소리처럼 청중의 귀에 박히게 합니다. 단문을 연속 배치해 리듬을 만들었습니다. '싸우다', '지키다' 같은 강렬한 동사를 반복해 감정과 의지를 배가합니다. 싸우고 지키겠다는 의지를 반복한 뒤에 '승리'라는 단 하나의 결말을 제시해 청중을 결집합니다. 이런 글의 목적은 단문이 아니라면 달성할 수 없습니다.

단문을 잘 쓰려면 의식적으로 실천해야 합니다. 어쩌다 보니 짧아진 문장과 의도를 품고 짧게 만든 문장 사이에는 큰 차이가 있습니다. 채우다 만 것 같은 아마추어의 여백과 더 뺄 것 없는 미니멀리즘의 여백이 다른 것처럼 말입니다. 단문을 습관처럼 쓰려면 세 기관을 활용해야 합니다.

첫째, 머리로 씁니다. 문장의 핵심 메시지를 파악합니다. 글을 쓰기 전에 '이 문장에서 무엇을 말하고 싶은가?'를 분명히 합니다. 한 문장에는 하나의 아이디어를 담습니다. 이 원칙만 지켜도 문장이 지나치게 길어지지 않습니다.

둘째, 눈으로 씁니다. 시각적으로 한 문장의 길이가 지나치게 길다면 단문으로 쪼갭니다. 문장의 형태는 결국 작가의 사고를 반영합니다. 한 문장을 단문으로 써내지

못하고 종속절을 여러 겹으로 쌓아야 한다면, 내 생각이
가지런히 정리되어 있지 않다는 뜻입니다.

셋째, 입으로 씁니다. 쓴 글을 소리 내어 읽습니다.
눈으로만 읽어서는 문장이 정확한지 판단하기 어려울 때가
있습니다. 낭독해 보면 어느 부분에서 호흡이 끊기는지, 어느
대목이 장황하게 느껴지는지 체감하기 쉽습니다. 단문은
낭독할 때 입에 착 달라붙고, 메시지가 귀에 바로 들어옵니다.

정보가 넘치는 시대입니다. 그래서 더 짧은 문장이
필요합니다. 짧다고 가벼운 것이 아닙니다. 간결한 문장을
만들려면 고도의 생각 정리가 필요합니다. 단문은 단순히
문법적 선택이 아니라 사고의 기법이자 설득의 기술입니다.
짧게 말하면 오래 기억됩니다.

디테일 드러내기

쉽게 쓰는 또 하나의 방법은 사례를 활용하는 것입니다.
이야기는 힘이 셉니다. 이야기에 귀를 기울이는 동안 우리는
다른 곳의 다른 존재가 됩니다. 이 놀라운 경험은 묘사가
구체적일 때 나타납니다. 비정규직 노동자의 고단한 삶을

다룬 기사가 우리를 아프게 하고 서럽게 하고 행동하게
한다면, 그건 '열악한 근무 환경'이라는 말보다 '구겨진
비닐봉지 속 뜯지 않은 컵라면과 얼린 밥' 때문일 것입니다.

건강한 숲은 층위 구조를 띱니다. 교목이 숲의
지붕을 이루고, 관목이 숲의 하부를 지탱하고, 초본이 숲의
바닥을 채웁니다. 좋은 글도 그렇습니다. 쭉쭉 치고 나가는
문장만 있으면 독자가 공감하기 어렵습니다. 한자리에 머물며
응시하는 문장도 필요합니다. 디테일을 적절히 배치하면 글이
입체적으로 느껴집니다.

디테일을 묘사할 때는 설명하지 않고 보여 줘야
합니다. '고생하신 아버지' 대신 '연장처럼 굵고 거친 아버지의
손마디'를 드러내는 겁니다. '찢어지게 가난했다' 대신
'월사금을 낼 돈이 없어 담임 선생님을 피해 다니다가 조회
시간에 들어가지 못했던 운동회 날 아침'을 이야기해야
합니다.

묘사는 구체적일수록 좋습니다. '들판에는 이름
모를 풀들이 많았다' 같은 문장은 화자가 도시 사람이라
풀이름에 약하거나 화자의 혼란스러운 내면을 드러내기
위한 장치이면 모를까, 그 외의 경우에는 글로 밥벌이를 하는
사람의 글에서는 찾아보기 어렵습니다. 전문 작가라면 이렇게

쓰겠죠. "들판에는 질경이와 꽃다지가 지천이었다."

대중 도서나 칼럼을 보시면 거의 모든 작가가 식물 이름을 정확하게 알고 있습니다. 그 작가가 산골 출신이거나 식물 전문가여서 꽃나무 이름을 잘 아는 게 아닙니다. 예전에는 식물도감을 찾아봤고, 요즘에는 구글링이나 AI로 식물 이름을 찾아봅니다. 독자 대신 모르는 걸 찾아서 채워 넣는 게 작가의 역할입니다. 그 성실함이 독자를 상상하게 합니다.

대화문을 적절히 배치하는 것도 디테일을 높이는 좋은 방법입니다. 대화는 일상적이고 친숙한 방식으로 독자를 사건의 중심으로 끌어들입니다. 글에 현장감과 생생함을 더합니다. 영국 《가디언》의 롱리드(longread) 시리즈는 기사에 내러티브가 풍성해 읽는 재미가 있습니다. 재미는 대부분 대화에서 나옵니다.

롱리드 시리즈 중에 현대 와인 산업이 농약이나 화학 비료, 방부제에 찌들어 있다며, 대안으로 화학 첨가물을 넣지 않는 내추럴 와인을 소개하는 글이 있습니다. 〈내추럴 와인의 톡 쏘는 모험〉이라는 제목의 피처 기사인데요, 한 대목을 옮깁니다.

"머리와 가슴 모두 자유로워야 합니다." 차분한 만족감 속에서 두브레이가 말했다. 그는 주류 와인 가문 출신이며 인근에서 양조학을 전공했다. 그는 전통을 버린 것을 결코 후회한 적이 없다. "저는 여기서 만든 와인이 자랑스럽습니다. 포도 외에는 아무것도 첨가하지 않았지요. 이 와인은 자유롭습니다."

대화문은 독자에게 현장의 목격자가 된 듯한 기분을 들게 합니다. 긴 해설이나 논평에 치중한 글은 독자에게 거리를 두는 인상을 주지만, 대화문이 들어가면 작가와 인물, 독자 사이의 거리가 좁아집니다. 독자는 글에서 '목소리'를 들을 수 있죠. 대화문을 적절히 섞으면 글의 호흡이 살아나고 핵심 메시지도 더 강하게 전달할 수 있습니다.

조사: 글을 쓰는 마음

두 개의 문장이 있습니다.

> (가) 버려진 섬마다 꽃은 피었다.
> (나) 버려진 섬마다 꽃이 피었다.

두 문장 중 하나는 김훈 작가가 쓴 소설 《칼의
노래》의 첫 문장입니다. (가)와 (나) 중에서 어떤 문장이 더
마음에 드세요? 김훈 작가가 처음에 쓴 문장은 (가)였다고
합니다. 그런데 쓰고 보니 '꽃은 피었다'에서 뽕짝 냄새가
나서 마음에 걸렸다고 합니다. 섬들은 버려졌어도 꽃은
용케 피어났다는 느낌이 들죠. 그는 며칠 고민한 끝에 '꽃이
피었다'로 고쳐 씁니다.

우리는 '은'과 '이'를 큰 고민 없이 씁니다. 선택하는
과정은 거의 무의식에서 이루어지죠. 그런데 '은'과 '이'의
차이를 따지고 들기 시작하면 정말 복잡한 문제가 됩니다.
정끝별 시인의 시 〈은는이가〉는 둘의 차이를 이렇게
설명합니다. 시 한 구절을 옮깁니다.

당신은 당신 뒤에 '이(가)'를 붙이기 좋아하고

나는 내 뒤에 '은(는)'을 붙이기 좋아한다.

당신은 내'가' 하며 힘을 빼 한 발 물러서고

나는 나'는' 하며 힘을 넣어 한 발 앞선다.

국문학 박사이자 시인답게 '은·는·이·가'의 문법적
차이를 시적으로 표현했습니다. '이·가'는 주어가 물러서는
말이고, '은·는'은 주어가 앞장서는 말입니다. 정 시인은
내 뒤에 '은·는'을 붙이는 편이라고 했는데, "'은·는'에는
제한적이고 주관적인 느낌이 배어 있고, '이·가'에는
객관적이고 세계를 향해 나아가는 듯한 뉘앙스가 담겨
있다"는 이유에서입니다.

김훈 작가는 '꽃이 피었다'와 '꽃은 피었다' 사이에
하늘과 땅의 차이가 있다고 말합니다. '꽃이 피었다'는
물리적 사실을 객관적으로 진술한 언어이고, '꽃은 피었다'는
객관적 사실에 관찰자의 주관적 정서를 섞어 넣은 언어라는
주장입니다. 그에 따르면 '꽃이 피었다'는 사실의 세계를
진술한 언어이고, '꽃은 피었다'는 정서의 세계를 진술한
언어입니다.

문법적으로도 맞는 말입니다. '이·가'는 앞말을

주어로 만드는 주격 조사이고, '은·는'은 보조사입니다. 문장 속에 어떤 대상이 화제가 되거나 대조될 때 주격 조사 자리에 보조사를 넣을 수 있습니다. 이런 특별한 의미를 더할 게 아니라면 주어 뒤에는 주격 조사가 와야겠죠. 김훈 선생은 형용사와 부사를 배제한 문장으로 사물의 객관적 실체를 드러내는 데 천착해 왔습니다. 그런 그였기에 '꽃이 피었다'를 택할 수밖에 없었을 겁니다.

　　한 음절짜리 조사 이야기를 꺼낸 까닭은 글을 쓰는 마음에 대해 말하고 싶어서입니다. '은'과 '이'를 두고 며칠 고민하는 사람에게 둘의 차이는 한 문장의 뉘앙스 차이 정도가 아닙니다. 조사 하나에 따라 "세계가 달라져 버리는 것"입니다. '은'과 '이'를 허투루 쓰지 않는 집요함은 좋은 작가에게 빼놓을 수 없는 역량이자 덕목입니다.

문장의 결

글에는 결이 있습니다. 주어와 서술어가 문장의 기둥이라면 조사는 문장의 무늬입니다. 문장마다 박힌 한두 음절의 조사가 모여 켜를 지으면서 무늬를 만들어 냅니다. 영어는 서술어가 목적어를 꼼짝 못 하게 지배하지만, 한국어는 조사가 있어 다양한 변주가 가능합니다. 조사 사용은 단순한 문법적 약속을 넘어 설득과 소통을 좌우하는 요소입니다.

주장하고 설득하는 글에서는 독자의 마음을 움직이는 것이 가장 중요합니다. 작가는 독자에게 생각을 온전히 전달하기 위해 조사를 가려 씁니다. 예컨대 '국민은 정부를 신뢰한다'라는 문장에서 '은'과 '를'이라는 두 조사는 문장의 초점을 정부가 신뢰받고 있다는 사실에 두도록 돕습니다. 만약 '국민이 정부를 신뢰한다'로 바꾸면 '국민'의 의지와 주체성이 더 부각되겠죠. 미묘한 차이 하나가 작가가 의도하는 설득의 중점을 다르게 비추고, 때로는 문장 전체의 무게 중심을 옮깁니다.

보조사 '은·는'은 중심 화제를 드러내거나 화제를 환기하거나 대비하는 데 적합합니다. 주격 조사 '이·가'는 명시적으로 주어를 설정하고 서술의 주체를 분명히 합니다. 문장에서 어떤 대상과 개념을 화제로 삼을지에 따라 보조사와 주격 조사를 달리 써야 합니다.

신문과 방송에서 간혹 '은·는'과 '이·가'의 미묘한 차이를 잘못 사용해 논란이 되기도 합니다. 머리기사 제목에서 '이·가'를 넣어야 할 문맥에 화제어를 강조하기 위해

'은·는'을 넣어 편향된 서술로 읽히거나, 반대로 부각해야 할 지점을 놓치는 사례가 종종 지적됩니다.

예를 들어 논란이 되는 사건이 발생해 '정부가 책임을 져야 한다'라는 제목의 기사가 나왔다고 가정해 볼까요. 이 문장은 정부가 사건의 주체임을 밝히고 있습니다. 이 문장을 '정부는 책임을 져야 한다'라고 쓴다면, 문장은 정부를 화제어로 삼아 '다른 누구도 아닌 정부가 반드시 책임을 져야 한다'는 느낌을 강조합니다. 미묘한 차이지만, 결과적으로 독자들 사이에서 '이번 사건에선 정부의 책임이 확실하지 않나' 하는 논의가 더 빠르게 퍼질 수 있습니다.

대통령실이나 국회, 정부에서 발표문을 낼 때도 비슷한 현상이 벌어집니다. 아래 두 문장을 비교해 볼까요.

(가) 대통령실은 정부가 현 상황을 예의주시하고 있다고 밝혔다.
(나) 대통령실이 정부는 현 상황을 예의주시하고 있다고 밝혔다.

(가)는 대통령실이 화제의 중심이 되고, 정부는 인용절의 주어 역할에 그칩니다. (나)는 '대통령실이'라는

표현으로 발표의 주체를 밝히고, 이어서 '정부는 현 상황을 예의주시하고 있다'라고 말해 화제를 '정부'에 확실히 넘겨 놓습니다. 독자의 시선이 대통령실의 역할에 먼저 쏠릴지, 아니면 정부 책임론에 방점이 찍힐지가 조사 한두 개 차이로 달라질 수 있습니다.

'에게'와 '한테'도 차이가 큽니다. '너에게 책임이 있다'와 '너한테 책임이 있다'는 모두 책임의 귀속을 명확히 밝히지만, 뒤 문장이 훨씬 직설적입니다. 때로는 직설적인 톤이 폭발적 호응을 얻기도 하지만, 반대로 불필요한 반감을 사기도 합니다. 설득하는 글에서는 구어적 조사를 남발하면 전문성이 떨어져 보일 수 있지만, 적절히 섞어 쓰면 현장감과 인간미를 살릴 수 있습니다.

조사의 생략과 중복도 문장의 결을 만드는 장치입니다. 조사를 생략하거나 반복해서 사용해 리듬감을 살릴 수 있습니다. 조사의 생략은 시적 언어에서 자주 볼 수 있죠.

길 걷는다.
바람 분다.
마음 흔들린다.

'길을 걷는다. 바람이 분다. 마음이 흔들린다'처럼 조사를 쓸 수 있지만, 조사를 생략해 문장 사이의 간격을 좁히고, 이미지를 스냅 사진처럼 직관적으로 펼쳐 보입니다. 독자가 잇달아 벌어지는 현상에 집중하게 합니다.

신문 사설이나 칼럼에서는 특정 주제를 강조하기 위해 조사를 반복해서 사용하기도 합니다. 예를 들어 부동산 정책을 비판하는 칼럼에서 이렇게 쓸 수 있겠죠.

집값은 오른다. 월세는 뛴다. 전세는 씨가 말랐다. 정부는 대책이 있다 말하지만, 대책은 보이지 않는다.

각 문장에 '은·는'을 반복 배치해 독자의 시선을 집값, 월세, 전세, 정부, 대책으로 순차적으로 이동시킵니다. 마지막 문장에서는 '대책은'을 화제어로 삼아 대책이 보이지 않는 상황을 초래한 정부의 실패를 극대화합니다.

글의 기둥은 주어와 서술어, 목적어이지만, 결국 조사로 연결됩니다. 온라인 플랫폼을 통한 글쓰기와 정보 유통이 늘면서 짧고 단순한 문장이 넘쳐납니다. 짧은 글일수록 조사가 더 중요합니다. 글을 쓰는 사람은 조사를 선택하는 순간부터 책임을 느껴야 합니다.

문장의 온도

글에도 온도가 있습니다. 독자가 글을 대할 때 느끼는 감정적·정서적 온도입니다. 글의 온도를 결정하는 요인은 다양합니다. 조사도 그중 하나입니다. 아래 문장에선 김훈 선생의 고민처럼 세계가 달라져 버리는 차이까지는 아니지만, 약간의 온기 차이를 느낄 수 있습니다.

> (가) 나는 오늘 아버지와 시장에 다녀왔다. 오랜만에 아버지와 대화를 많이 나눴다.
> (나) 오늘은 아버지와 시장에 다녀왔다. 오랜만에 아버지하고 대화를 많이 나눴다.

(가)보다 (나)가 더 정겹습니다. 첫 문장에서 주어가 생략되고 '오늘'에 보조사 '은'이 붙으면서 아버지와 시장에 다녀온 일이 이야깃거리가 됐습니다. 두 번째 문장에서 '아버지와'를 구어적 조사인 '아버지하고'로 바꿔 나와 아버지 사이의 거리를 좁혔습니다. 첫 문장의 '아버지와'를 '아버지랑'으로 바꾸면 문장의 온도가 더 올라가겠죠. 이처럼 조사는 독자가 인물과 사건을 어떻게 바라봐야 할지를

안내하는 데 적지 않은 역할을 합니다.

논설이나 칼럼 같은 설득하는 글을 쓸 때도
마찬가지입니다. 주제나 단어 선택만 중요한 게 아니라
단어를 이어 주는 방식도 함께 고민해야 합니다. '나는
이렇게 생각한다'와 '내가 이렇게 생각한다'는 차이가
큽니다. 전자가 차분하고 담담한 온도라면, 후자는 강인하고
격정적인 온도입니다. 같은 주장이라도 독자에게 닿는 방법이
달라집니다.

스트레이트 기사처럼 정확한 사실 전달이
최우선인 글을 쓸 때는 조사의 변주를 가능한 한 자제하는
편이 좋습니다. 그러나 의견을 전하는 글에서는 이런 작은
변화가 문장에 생기를 불어넣습니다. 예컨대 대화문에서
'나한테'라고 할지 '나에게'라고 할지는 그 인물의 감정 상태를
드러내는 디테일이 됩니다.

작가는 그 디테일을 다루는 작업을 좋아해야 합니다.
그래야 글에 격(格)이 생깁니다. 당연하게 생각했던 '은·는',
'이·가', '에서', '와·과', '랑', '에게', '한테'의 세계를 찬찬히
들여다보면 다양한 선택지가 숨어 있다는 걸 알게 됩니다.
적확한 조사를 의식하며 고르는 태도가 글의 격을 더하는
요체가 됩니다.

작가는 조사 하나, 어미 하나를 선택할 때도 독자가 그 문장을 읽고 어떤 반응을 보일지 예측하려고 노력해야 합니다. 이 예측과 배려가 글의 온도를 결정합니다. '나는 그대를 이해합니다'라고 쓸 수도 있고, '내가 그대를 이해해요'라고 쓸 수도 있습니다. '이해해요. 그대를 내가'라고 쓸 수도 있겠죠. 어디에 강세를 두고, 어떤 온기를 입히느냐에 따라 독자가 얻는 위로와 공감의 크기가 달라집니다.

글이 꼭 따뜻할 필요는 없습니다. 그러나 따뜻하지 않은 글을 쓰더라도 온도의 차이를 알고 써야 합니다.

동사: 문장을 움직이는 힘

게임을 잘하려면 게임의 규칙을 정확하게 파악해야
합니다. 글쓰기도 그렇습니다. 우리말의 특징을 파악하면
더 좋은 문장을 만들 수 있습니다. 19세기 독일의 언어학자
아우구스트 슐라이허는 언어를 형태적으로 세 가지로
분류했습니다. 고립어, 교착어, 굴절어입니다.

　　　고립어의 대표적 언어는 중국어입니다. 고립어는
단어의 위치를 바꿔 문법적 기능을 만듭니다. '我爱你(나는
너를 사랑한다)'에서 첫째와 셋째 글자의 위치를 바꾸면
'你爱我(너는 나를 사랑한다)'가 됩니다. 중국어는 한국어와
달리 조사가 없고, 주어가 목적어 자리로 이동해도
단어의 형태가 바뀌지 않습니다. 어순 변화만으로 의미가
달라집니다.

　　　굴절어의 대표적 언어는 영어입니다. 'I love you'에서
주어와 목적어를 바꾸면 'You love me'가 됩니다. 'I'의 위치가
달라지니까 형태가 'me'로 바뀌었죠. 굴절어는 단어의
형태를 바꿔 문법적 기능을 만듭니다. 'go-went-gone',
'know-knew-known' 같은 동사의 불규칙 변화가 대표적인
예입니다.

한국어는 교착어입니다. '간다', '갔다', '갈래', '가니', '갈까'처럼 어근에 접사를 아교처럼 붙여 문법적 기능을 만듭니다. 교착어는 서술어가 특히 발달했습니다. 예를 들어 '먹다'라는 동사의 어근에 접사를 붙여 수백 가지 의미를 파생할 수 있습니다.

먹었다(과거)

먹겠다(추측)

먹더라(전달)

먹었겠다(과거+추측)

먹히다(피동)

먹히었다(피동+과거)

먹히시다(피동+높임)

먹히시었다(피동+높임+과거)

먹히었겠다(피동+과거+추측)

먹히었겠더라(피동+과거+추측+전달)

먹히시었겠더라(피동+높임+과거+추측+전달)

(…)

정말 다양하죠? 교착어는 접사에 따라 단어의 의미가

달라져서 상대적으로 어순이 덜 중요합니다. '밥 먹으러
간다. 나는'이라고 말해도 의사소통에 문제가 없죠. 접사가
다양하고 어순도 자유로워 한국어는 다른 언어에 비해 자연어
처리가 어렵습니다. 한두 음절의 접사가 붙어 만들어 내는
작은 뉘앙스 차이까지 기계가 감지해야 하니까요. 또 영어를
모국어로 쓰는 사람이 한국어를 배우기 어려운 이유이기도
합니다. 굴절어처럼 동사 변화를 모두 외워야 한다고
생각하거든요.

    한국어는 서술어를 다양하게 변주할 수 있는 만큼
서술어를 꼬아서 의미가 모호한 문장을 만들기 쉽습니다.
작가가 의도한 게 아니라면 독자가 작가의 의도와 다르게
문장을 해석하거나, 문장에서 길을 잃을 수 있습니다.
오랜만에 만난 지인에게 '잘 지내냐'고 묻자 이런 답변이
돌아옵니다.

    "잘 지내려고 노력을 해요."

    평범하고 친절한 말이지만, 자세히 들여다보면
복잡하고 흐릿한 말입니다. 이 사람은 잘 지내려고
노력하지만, '잘 지낸다'고 말하지는 않았습니다. 그럼 잘
지내지 못하고 있다는 뜻일 수 있습니다. 아니면 '노력을
해요'라는 표현을 덧붙여서 '잘 지낸다'는 말을 겸손하게 하고

싶었을 수도 있습니다. 아니면 질문이 불편해서 말꼬리를 흐리고 있는지도 모르죠.

다시 말해 이 문장은 아무 말도 하지 않은 말입니다. 이 사람은 노력의 결과가 성공했는지 실패했는지 밝히지 않습니다. 그저 뭔가를 하는 상태만 드러냅니다. '잘 지내냐'는 질문의 답이 될 수 없습니다. 답이 되려면 '잘 지냅니다', '조금 힘들지만 괜찮습니다', '잘 못 지냅니다'가 되어야겠죠.

한국어는 모호한 서술어만 잘 정리해도 문장이 좋아집니다. '노력을 했다'는 '다른 것이 아닌 노력을 했다'로 읽힐 수 있습니다. 이 뉘앙스를 의도한 게 아니라면 명사처럼 사용한 동사를 진짜 동사로 바꿉니다. '노력했다'로 쓰는 겁니다. '생각을 했다'가 아니라 '생각했다', '결정을 했다'가 아니라 '결정했다'라고 씁니다. '후회하지 않을 수 없었다'처럼 복잡하게 꼬지 말고 '후회했다'로 씁니다.

본동사에 붙어 뜻을 보조하는 보조 동사도 꼭 필요하지 않다면 제거합니다. '해왔다', '가봤다'에서 '-왔다', '-봤다'가 보조 동사입니다. '나는 그에게 충고를 해줬다'보다는 '나는 그에게 충고했다'가 좋습니다. '오랜만에 서점에 가봤다'보다는 '오랜만에 서점에 갔다'가 좋습니다. 불필요한 보조 동사를 줄이면 문장에 속도감이 붙습니다.

서술어가 간단할수록 글이 잘 읽힙니다. 의미 전달도 더 정확해집니다. 서술어의 모호함을 걷어 내면 — 그럴싸하지만 하나 마나 한 말, 특별한 의미를 담고 있지 않은 말을 제거하면 — 내가 하지 않은 말이 무엇이고, 해야 하는 말이 무엇인지 드러납니다. 그걸 쓰는 겁니다.

밥 같은 동사

한국어는 동사 중심의 언어입니다. 동사만 잘 써도 좋은 글을 만들 수 있습니다. 동사를 잘 쓰는 방법은 간단합니다. '밥 같은 동사'를 쓰는 겁니다. 마라탕이 먹고 싶은 날이 있고 햄버거나 파스타가 당기는 날도 있습니다. 그런데 이런 음식을 매끼 먹을 순 없겠죠. 동사도 마찬가지입니다. 화려한 동사보다는 맨날 먹는 밥처럼 먹어도 먹어도 물리지 않는 동사가 좋습니다.

아무리 반복해서 써도 독자에게 질리지 않는 기본 동사가 있습니다. '하다', '말하다', '가다' 같은 동사입니다. 이런 동사는 집 안의 오래된 붙박이장과 같습니다. 요긴하게 사용하면서도 너무 익숙해서 그 가구가 그곳에 있다는 사실조차 인지하기 어렵습니다. 기본 동사는 튀지 않고 문장을 지탱합니다. 아래 예문을 보실까요.

(가)

"그만 좀 해." 로아가 힘주어 말했다.

"여기까지 와서 멈출 순 없잖아." 태리가 반박했다.

(나)

"그만 좀 해." 로아가 말했다.

"여기까지 와서 멈출 순 없잖아." 태리가 말했다.

(가)에선 자기주장이 강한 동사 '반박했다'와 '힘주다'에서 파생된 부사어를 써서 대화문을 강조했습니다. (나)에선 기본 동사를 사용했습니다. 그런데 오히려 (나)의 대화가 더 생생합니다. 기본 동사가 글에 여백을 만들어 독자가 인물의 목소리를 상상할 수 있게 됐습니다. 반면 (가)에서는 화려한 동사가 대화문을 압도했습니다. 독자가 관심을 두어야 할 곳은 큰따옴표의 안쪽인데, 바깥쪽이 더 요란합니다.

　　글에서 같은 단어가 반복되면 다음에 나오는 단어를

비슷한 의미의 다른 단어로 바꾸는 경우가 있습니다. 명사나 형용사라면 그렇게 해도 좋습니다. 그러나 '말하다' 같은 기본 동사는 그대로 두어야 합니다. '애원하다', '반박하다', '강변하다' 같은 동사는 금방 물립니다.

헤밍웨이의 동사

저는 어니스트 헤밍웨이의 짧고 간결한 문체를 좋아합니다. 그의 문장에 담긴 긴장과 힘을 좋아합니다. 헤밍웨이의 문장에서 단단한 골격을 지탱하는 것은 부사와 형용사 같은 수식 어구가 아니라 동사입니다. 그의 문장은 장식을 제거한 야전 텐트처럼 간소하지만, 동사 하나하나가 살아 움직여 이야기에 박동을 더합니다.

　　헤밍웨이의 문장은 직설적인 서술과 단순한 구조를 지향하지만, 인물과 정서의 긴장감을 잃지 않습니다. 헤밍웨이는 정적인 장면을 묘사할 때도 부사와 형용사 없이 동사를 구사해 긴장감을 구현합니다. 행위를 정면으로 부각해 독자가 인물이 지금 무엇을 하고 있는지 그 장면을 선명하게 떠올리게 합니다. 예컨대 이런 식입니다.

그는 말없이 앉아 있었다. 그는 움직이지 않았다. 그는 그림자를 응시했다.

(He sat there quietly. He did not move. He watched the shadows.)

극도로 간결한 문장이 연속됩니다. 'sat', 'move', 'watched'라는 동사가 인물의 정적인 모습마저 묘하게 생동감 있게 만듭니다. 간결한 동사를 반복 배치해 이야기 속 긴장을 끌어올립니다. 수식을 동원해 감정을 길게 펼쳐 보이기보다는 동사로 모든 것을 보여 주죠.

헤밍웨이의 빙산 이론

헤밍웨이는 자신의 글쓰기 방식을 '빙산 이론(iceberg theory)'이라고 불렀습니다. 빙산은 8분의 1만물 위에 드러나 있고, 나머지는 물 아래 잠겨 있습니다. 그는 글도 빙산처럼 더 큰 의미는 노골적으로 표면에 드러내지 않아야 한다고 믿었습니다. 작가가 글의 의미를 직접적으로 설명하지 않고 독자가 발견하도록 유도해야 한다는 거죠.

그래서 헤밍웨이는 부사와 형용사로 설명하지 않고 동사와 명사로 독자에게 상황을 보여 줬습니다. 작중 인물이 무엇을 느끼고(feel) 있다고 길게 설명하지 않고 'He clenched his fists(그는 주먹을 꽉 쥐었다)'처럼 간결한 동사로 분노나 초조함을 드러냅니다. 서술적인 심리 묘사를 생략하고, 행위 자체가 심리의 상징이 되도록 했습니다.

헤밍웨이는 바다낚시, 사냥, 투우, 복싱처럼 몸을 거칠게 움직이는 세계에서 관찰한 사실을 문장에 그대로 옮기려 했습니다. 그래서 동사 사용이 더 직접적이고 구체적입니다. 예를 들어 《노인과 바다》에서 "He pulled the dolphin in with his left hand"라는 문장은 온몸으로 느낀 '잡아당김(pull)'의 동작을 담아냅니다. 부차적인 미사여구가 동사를 덮으면, 현장의 육체적 감각이 흐려질 뿐이라고 판단한 겁니다. 낚싯줄을 당기고 버티고 기다리는 단순한 동사가 반복되는 동안, 독자는 노인의 생존을 향한 집념과 육체의 고통을 체감하게 됩니다.

문장마다 딱 맞는 동사를 골라 박아 넣고, 그
움직임에서 나오는 에너지를 수식으로 감싸지 않는
것. 이것이 헤밍웨이가 남긴 동사의 철학이자 간결성의
미학입니다. 헤밍웨이처럼 쓰고 싶다면 설명하지 말고 보여
주세요. 그러면 독자가 직접 의미를 채워 넣을 수 있습니다.

동사의 강약

동사는 사물의 동작이나 작용을 나타내는 말입니다. 즉
행동을 보여 줍니다. 행동이 어째서 일어났는지, 어떻게
일어났는지, 얼마나 강렬하게 일어났는지, 어떤 감정을 담고
있는지는 어떤 동사를 선택하고 어떻게 활용하느냐에 따라
달라집니다. 동사 하나로 문장 전체의 의미와 분위기가
바뀝니다.

동사를 잘 쓰려면 동사의 정확한 의미를 알아야
합니다. '정부가 대책을 발표했다'와 '정부가 대책을
내놓았다'는 같은 행위를 서술하지만, 심리적·정서적 울림이
다릅니다. '발표했다'는 공적이고 격식 있는 느낌을 주고,
'내놓았다'는 일상적이고 친숙한 느낌을 줍니다. 아래 두

137

문장을 볼까요.

（가) 우리는 목표를 달성했다.
（나) 우리는 목표를 이루었다.

두 문장은 같은 듯 다릅니다. (가)는 객관적 수치나 목표에 도달한 인상이고, (나)는 감정적·주관적 성취라는 뉘앙스를 띱니다. 노력과 바람이 이루어진 느낌이죠. 비슷한 말로 '완수했다'도 있습니다. 임무나 과업을 마무리 지었다는 데 방점이 찍히는 말입니다. '살다', '생존하다', '버티다', '견디다'도 삶을 이어 나간다는 공통 의미가 있지만, 주는 느낌이 조금씩 다르죠.

동사의 미묘한 뉘앙스 차이를 고려하지 않고 '이루었다'를 써야 할 자리에 '달성했다'를 쓰면 문맥이 어색해지고 독자의 감정선이 깨질 수 있습니다. 늘 쓰는 말이고 잘 아는 말이라도 더 정확하게 쓰려면, 동사의 사전적 정의와 맥락적 용례를 살펴보고 선택해야 합니다.

긍정·부정·중립 어감도 점검합니다. 동사를 선택하기 전에 이 글이 독자에게 어떤 감정을 불러일으키고 싶은지 결정해야 합니다.

그는 문제점을 제기했으나, 직접적인 책임 규명을
요구하지는 않았다.

'제기했다'는 문제를 '내어놓고 논의하자'는 뜻에
가깝습니다. '지적했다', '비판했다', '비난했다'처럼 감정이
섞여 있지 않습니다. 내 글에 의도하지 않은 긍정·부정·중립
어감이 들어 있지 않은지 점검하면 정보 전달이든 설득이든
비판이든 글의 목적을 달성하는 데 도움이 됩니다. 독자와의
불필요한 감정 충돌도 막을 수 있고요.

불필요한 사동과 수동 표현도 줄이면 좋습니다.
한국어에는 '-하게 하다', '-되다' 같은 사동·수동형이
많습니다. 사동과 수동을 남발하면 주체와 대상이
불분명해지고 문장의 활력이 떨어집니다. '이 문제는
논의되어야 한다'보다는 '이 문제를 논의해야 한다'처럼
능동으로 쓰면 메시지를 훨씬 직관적으로 전달할 수
있습니다.

여러 겹으로 된 문장은 한 문장이 하나의 주어와
서술어, 목적어를 갖도록 끊어 주면 좋습니다. 문장 호흡을
고려해 리듬감을 살리는 겁니다.

(복합 문장) 그는 버스를 타고 도시에 도착해서 곧장 호텔에 짐을 풀고 잠시 쉬었다.

(단문 분할) 그는 버스를 탔다. 도시에 도착했다. 곧장 호텔에 짐을 풀었다. 잠시 쉬었다.

　　동사의 창조적 조합과 어미 활용도 고려할 수 있습니다. 앞서 가짜 동사와 보조 동사를 찾아내 정리하는 것이 한국어 글쓰기를 잘하는 법이라고 했는데, 어미 활용도 꼭 필요할 때 한다면 묵직한 효과를 낼 수 있습니다. '웃는다', '웃어 댄다', '웃고 만다'는 강도와 맥락이 다르니까요. 어미를 활용하면 문장에 개성과 현장감을 불어넣을 수 있습니다. 또한 원래 다른 맥락에서 쓰는 동사를 새로운 분야로 옮겨 와 비유적 표현을 만들 수 있습니다. '빚다'는 흙을 이겨서 어떤 형태를 만든다는 동사이지만, '관계를 빚는다'라고 하면 정성을 들이는 느낌을 강조할 수 있죠.

　　행동하는 말

국내외를 막론하고 많은 작가가 수동태를 되도록 쓰지

말라고 조언합니다. 스티븐 킹은 수동태를 두고 "나약하고 우회적이며 종종 괴롭기까지 하다"라고 말하죠. 능동태에서 주어는 어떤 행동을 합니다. 수동태에서 주어는 어떤 행동의 대상이 됩니다. 뭔가를 하는 존재가 아니라 뭔가를 당하는 존재입니다. 그러다 보니 수동태 문장이 자주 나오면 문장의 속도감이 사라지고 불분명한 인상을 줍니다.

수동태는 능동태의 목적어를 주어로 사용합니다. 능동태에서 주어로 사용한 말을 생략하기 쉽습니다. 아래 예시를 볼까요.

(가) 결정이 내려졌다.

(나) 이사회가 결정을 내렸다.

(가)에서는 행위의 주체를 찾기 어렵습니다. 문장이 모호하니 부연 설명이 필요합니다. 문장에 군살이 붙을 수밖에 없습니다. 반면 (나)는 누가 무엇을 했는지 분명히 밝힙니다. 독자가 문장을 더 쉽게 따라갈 수 있습니다. 또한 능동태는 주어를 부각해서 서사 속 긴장감을 유지하거나 논의의 초점을 잡아 주는 데에도 유리합니다.

수동태의 "나약하고 우회적"인 특성을 교묘하게

악용하는 예도 있습니다. 사과 아닌 사과문이 대표적입니다. 2009년 마이크로소프트 CEO였던 스티브 발머는 개발 제품에 문제가 생기자 "제품에 실수가 있었다"라고 사과해 화를 키웠습니다. 정치인이 유감을 표명할 때도 수동태가 자주 등장합니다. 주체를 숨기기 쉬우니까요.

　　일반적으로 능동태 문장은 수동태 문장보다 간결합니다. 간결하다는 것은 독자가 더 적은 시간을 들여 읽을 수 있다는 뜻입니다. 능동태를 잘 사용하면 경제적인 글을 쓸 수 있습니다. 물론 모든 수동태가 나쁘다는 건 아닙니다. 주어보다 목적어를 강조해야 할 때도 있고, 논문처럼 되도록 화자가 드러나지 않아야 할 때도 있으니까요.

　　글을 퇴고할 때 수동태를 습관적으로 사용하지는 않았는지 살펴보세요. '생각된다'는 '생각한다'로, '판단된다'는 '판단한다'로 바꾸면 문장에 힘이 붙습니다. 동사는 행동하는 말입니다. 행동을 당하는 말이어서는 안 됩니다.

부사: 설명하지 않는 말

글쓰기는 주관을 객관의 영역으로 옮기는 작업입니다.
척하면 착 이해하는 독자는 많지 않습니다. 생각을 이전하는
과정에서 유실률을 줄여야 독자가 작가의 의도를 더 정확하게
파악할 수 있습니다. 그런데 부사와 형용사는 주관의
언어여서 대개는 유실률을 높입니다. '빠르게 달린다'라는
말에서 '빠르게'의 기준이 저마다 다르니까요.

　　　　부사는 다른 말 앞에 놓여 뒷말을 꾸밉니다. 보통
'-게(-ly)'로 끝나는 말이 부사어입니다. 그러나 '느리게'가
얼마나 느린지, '자주'가 얼마나 잦은지 말하지 않습니다.
형용사는 사물의 성질이나 상태를 나타냅니다. '검다' 같은
말입니다. '검다'는 국어사전에서 '먹빛 같은 빛'이라고
나오는데, '먹빛'을 찾아보면 '검은빛'이라고 나옵니다. 동어
반복입니다. 결국 아무것도 설명하지 않습니다.

　　　　저는 부사와 형용사가 쓸데없이 문장을 길게
늘어뜨리고 글의 속도감을 줄이는 주범이라고 생각합니다.
도스토옙스키처럼 글자 개수당 고료를 받아 생계를 유지해야
한다면 부사와 형용사를 곁에 둬야 합니다. 그런 상황이
아니라면 되도록 사용하지 말아야 합니다. 과도한 수식어는

작가의 메시지를 흐릿하게 만들고, 독자를 피로하게 합니다. 이번 문단 첫 문장의 '쓸데없이'도 부사입니다. 저 말이 없어도 의미 전달에 문제가 없습니다. 빼어야 합니다.

부사는 감정과 동작을 풍성하게 만들지만, 넘치게 사용하면 문장의 목적을 잃게 합니다. 그럼, 부사 없이도 풍부한 표현이 가능할까요. 좋은 예가 있습니다. 김수영 시인의 시 〈묘정의 노래〉에서 한 구절을 옮깁니다.

> 한아(寒鴉)가 와서
> 그날을 울더라.
> 밤을 반이나 울더라.
> 사람은 영영 잠귀를 잃었더라.

김수영은 한아가 울더라고 하면서 '쓸쓸하게' 운다거나 '슬프게' 운다고 말하지 않습니다. '펑펑' 운다거나 '구슬피' 운다고 말하지 않습니다. 밤을 '반이나' 울더라는 ─ 밤의 반이니까 네댓 시간이겠죠. ─ 물리적 사실만을 전하지만, 부사가 있는 문장보다 더 쓸쓸합니다. 더 심란합니다. 저는 아직도 '밤을 반이나 울더라'보다 정확하고 쓸쓸한 문장을 만들지 못합니다.

정갈한 글에는 장식이 없습니다. '멋지고', '놀랍고', '끔찍하고', '아주', '너무', '몹시' 같은 말을 찾기 어렵습니다. 레이먼드 챈들러, 어니스트 헤밍웨이, 조지 오웰, 존 치버, 필립 로스, 코맥 매카시, 레이먼드 카버의 글이 그렇습니다. 이들은 작품 전반에서 화려한 부사와 형용사를 배제하고 선명하고 적확한 동사와 명사를 배치해 독자의 마음을 움직입니다.

스티븐 킹은 자기 생각을 분명하게 표현할 자신이 없는 사람이 부사를 남용한다고 주장합니다. "지옥으로 가는 길은 부사로 뒤덮여 있다(The road to hell is paved with adverbs)"면서 부사를 "죽여야(kill)" 한다고까지 말합니다. 구체적인 장면 묘사나 맥락을 제시하지 않고 감정을 '강력하게', '매우', '극심하게' 같은 부사로 뭉뚱그려 채워 넣으면, 독자의 머릿속에 생생한 이미지가 아니라 단순한 감정 라벨만 찍힌다는 거죠.

사회 부조리를 고발하는 에세이를 많이 쓴 조지 오웰도 군더더기 많은 표현이 진실을 흐린다고 지적합니다. 오웰은 〈정치와 영어〉에서 가능하다면 짧은 단어를 쓰고, 없애도 지장 없는 단어는 반드시 없애라고 했죠. 여기서 '없애도 지장 없는 단어'가 과도한 부사와 형용사입니다.

오웰은 진부하고 무용한 수식어를 줄이고 간결하게 쓸수록 더 좋은 영어 문장이 된다고 생각했습니다.

킹과 오웰의 조언은 대부분 옳지만, 전부 받아들일 수는 없습니다. 영어는 명사 중심의 언어이고, 한국어는 동사 중심의 언어입니다. '지금 가고 있어'를 영어로 옮기면 'I'm on my way'가 될 텐데요, 이처럼 영어는 명사로, 한국어는 동사로 핵심 내용을 전달합니다. 그러다 보니 한국어에선 동사를 수식하는 부사도 함께 발달했죠. 영어와 달리 한국어에서는 부사를 "죽일" 필요까지는 없습니다.

문제가 되는 건 과잉 상태입니다. 문장에 양념이 많으면 원재료의 맛이 흐려집니다. 원재료는 동사와 명사입니다. 불필요한 부사를 덜어 내면 수사에 가려 있던 문장의 뼈대가 보입니다. 작가가 진짜 하고 싶은 이야기가 드러납니다. 독자는 그 골격을 바라보며 작가의 생각에 집중합니다. 무대 위에서 모두 퇴장하고 주인공만 남았을 때 관객이 배우의 표정과 숨소리에 집중하게 되는 것과 같습니다.

모든 부사와 형용사가 나쁘다는 게 아닙니다. 부사와
형용사는 다른 말 앞에 놓여 뒷말의 뜻을 분명하게
하는 품사입니다. 즉 동사와 명사의 뜻을 분명하게 하지
못하는 부사·형용사는 걸러 내야 합니다. 문장에 들어간
부사·형용사가 아래의 다섯 가지 유형에 속한다면 없앱니다.

첫째, 명확성을 떨어트릴 때입니다. 글쓰기는 추상을
구상으로 바꾸는 작업인데, 부사·형용사는 주관적이고
추상적인 수식에 그치는 경우가 많습니다. '정말 끔찍한' 같은
표현은 구체적 이미지를 만들어 내지 못합니다. '정말'과
'끔찍한'이라는 두 낱말은 추상적 감탄 외에 별다른 시각,
청각, 후각, 미각, 촉각 정보를 제공하지 않습니다. 예를 들어
전쟁 포로를 취재해서 쓴 피처 기사가 있습니다. 기사는
이렇게 시작됩니다.

(가) 남자는 배가 몹시 고팠는지 맛을 느낄 겨를도 없이
허겁지겁 음식을 먹어 치웠다.
(나) 남자는 접시에 쌓인 찬밥을 들이켜듯 삼켰다.

두 문장 모두 굶주린 인물이 식사하는 모습을 묘사했지만, (가)는 추상화를 그렸고 (나)는 구상화를 그렸습니다. (가)보다 (나)에서 식사 모습이 더 선명하게 보입니다. 부사·형용사로 설명하는 대신 시각 정보로 상황을 보여 줬기 때문입니다. 잘 보이니까 더 공감할 수 있습니다. 인물이 얼마나 배가 고팠을지 짐작이 갑니다.

둘째, 독자의 감정을 선취할 때입니다. 부사·형용사가 독자에게 해석의 여지를 남기지 않을 때는 수식을 없애고 고쳐 씁니다. 살인 사건 현장을 취재한 르포 기사에서 리드를 '사건 현장은 처참했다'라고 쓰면 데스크가 빨간 줄을 긋습니다. 독자가 느껴야 할 감정을 기자가 선취한 문장이니까요. 그럴 게 아니라 방 안의 피 묻은 발자국과 찢어진 벽지를 묘사해야 합니다. 그걸 보고 독자가 사건 현장이 처참했다고 느끼게 해야 합니다.

셋째, 문장의 구조적 결함을 가릴 때입니다. 동사와 명사가 부족할수록 작가는 본능적으로 모자란 부분을 부사와 형용사로 메우려 합니다. 부사·형용사가 지배하는 문장은 언뜻 보기에 의미심장해 보이기까지 합니다. "그냥. 날이 맑아서. 그래서 그랬나 봐." 그럴싸해 보이지만, 대화문이 아니라면 용도를 찾을 수 없는 문장입니다. 불필요한 부사·형용사를 없애면 문장의 뼈대가 드러납니다. 구조적 결함이 보인다면 동사와 명사로 보강합니다.

넷째, 읽는 속도를 늦출 때입니다. 독자는 빨리 읽히는 글을 선호합니다. 지금 읽고 있다는 사실조차 의식하지 못할 정도로 빨리 읽히는 글일수록 좋습니다. 그만큼 몰입했다는 뜻이니까요. 그런데 부사·형용사는 읽는 속도를 늦춥니다. 말 그대로 수식어라 문장의 기본 구조에 추가 정보를 넣어, 해석해야 할 정보를 늘리기 때문입니다. 원고를 소리 내어 읽어 보세요. 읽는 리듬이 깨지는 곳에는 대개 부사·형용사가 있습니다. 없애도 지장 없는 단어라면 없앱니다.

다섯째, 과장할 때입니다. 과도한 수식어는 글 전체의 신뢰도를 떨어트립니다. 부사·형용사는 글의 제목이나 요약 같은 짧은 글에서 자주 보입니다. 한두 문장 이내로 독자의 관심을 끌기 위해 수식어에 기대는 거죠. 객관적 저널리즘이라고 예외가 아닙니다. 클릭을 유도하기 위해 '충격적인', '믿기 힘든' 같은 장황한 수식을 동원하는 기사 제목이 많습니다. 그러나 오히려 '27명의 난민, 바다에서 나흘을 견뎠다'처럼 사실을 적시하는 제목이 더 강력합니다.

문제는 제거가 아니라 대체입니다. 부사와 형용사의 도살자가 되어 찾는 족족 없애기만 하고 아무 처방도 하지 않으면 문장이 퍽퍽해져서 읽는 재미가 떨어집니다. 불필요한 수식을 제거한 자리에는 움직임, 디테일, 장면, 대화를 넣어 독자를 사건의 한가운데로 데려와야 합니다. 대가의 작업을 통해 하나씩 살펴볼까요.

첫째, 구체적 움직임을 보여 줍니다. 퓰리처상을 받은 미국 현대 문학의 대표 작가 코맥 매카시는 《핏빛 자오선》, 《노인을 위한 나라는 없다》, 《로드》에서 자연 풍경이나 미국 서부의 황량함을 묘사하면서도 부사와 형용사를 배제합니다. 대신 동사와 명사로 문장을 살아 움직이게 합니다. 매카시는 재가 뿌옇게 날리는 풍경을 '길 위에서 재가 움직였다'라고 씁니다. '그들은 빠르게 걸었다' 같은 표현 대신 '그들은 걸었다. 먼지가 일었다'처럼 씁니다. 행위와 변화를 결합해 부사 없이 동적인 장면을 만들어 냅니다.

둘째, 감각적 디테일을 더합니다. 기사와 소설 작법을 결합한 뉴 저널리즘의 선구자 게이 탤러시는 1966년 미국 잡지 《에스콰이어》에 〈감기에 걸린 프랭크 시나트라(Frank

Sinatra Has a Cold)〉라는 제목의 글을 기고합니다. 미국 잡지 역사상 최고의 피처 기사로 꼽히는 글이죠. 탈레시는 '잘생긴 가수' 같은 추상적 수식 없이 머리칼 색, 목소리 톤, 손가락 움직임, 앉은 자세, 주변 인물과의 미묘한 기류 등을 섬세하게 기술해 인물의 분위기를 입체적으로 표현했습니다. A4 용지 30장 분량의 긴 글인데, 마지막 두 문단이 특히 좋습니다. 작가는 인물의 눈짓 하나를 두고 디테일의 디테일까지 묘사하며 300자를 써 내려갑니다. 같이 보실까요.

프랭크 시나트라가 차를 세웠다. 신호등은 빨간불이었다. 보행자들이 유리창 앞을 빠르게 지나갔지만, 늘 그렇듯 한 명은 그러지 않았다. 20대 여성이었다. 그녀는 연석에 서서 그를 응시하고 있었다. 그는 왼쪽 시야 끝으로 그녀를 볼 수 있었고, 거의 매일 일어나는 일이라 그녀가 '그 사람 같은데, 맞나?'라고 생각하고 있다는 것을 알았다.
신호가 파란불로 바뀌기 직전, 시나트라는 그녀 쪽으로 고개를 돌렸다. 그녀의 눈을 똑바로 바라보며 그가 알고 있는 반응이 나타나기를 기다렸다. 반응이 왔고 그는 미소 지었다. 그녀가 미소를 지었고 그는 떠났다.

셋째, 장면을 보여 줍니다. 사물과 사건을 장면화하는 겁니다. 부사로 감정을 간편하게 표기하기보다는 장면 속 세부를 묘사해 독자가 상상하게 합니다. 《인 콜드 블러드》로 논픽션 소설이라는 새 장르를 개척한 트루먼 커포티는 살인 사건 현장을 묘사하며 '끔찍하게 살해되었다' 같은 문장을 쓰지 않습니다. 대신 사실과 감각 정보를 병치합니다. '부인의 손목을 묶은 끈은 발목까지 내려와 발목을 묶고 침대 바닥으로 내려와 침대 발판에 묶여 있다'처럼 현장을 구체적으로 그려 내면 독자는 수사관과 함께 현장을 목격하는 느낌을 받게 됩니다.

넷째, 대화문을 넣습니다. 대화문은 독자에게 인물의 성격, 감정, 상황을 직접 보여 주는 강력한 도구입니다. 스티븐 킹은 '그가 화를 내며 말했다'라고 설명하기보다 대화 속 행간과 표현을 통해 인물이 화났다는 사실을 독자가 알아차리게 합니다. 사건이나 상황이 전개될 때 대화문은 속도를 조절하는 핵심 장치가 되기도 합니다. 짧은 문답이 연속되면 팽팽한 긴장감이 생기고, 침묵이 길어지면 불안이나 기대가 커집니다.

부사와 형용사를 제거하면 문장이 허전해질 것 같지만, 실제로는 반대 현상이 일어납니다. 불필요한 수식을 걷어 낸 자리를 구체적 움직임, 감각적 디테일, 장면 묘사, 치밀한 대화로 채우면 문장은 여러 겹의 의미층을 갖게 됩니다. 부사와 형용사를 줄일 용기, 빈자리를 적확한 동사와 명사로 채우려는 성실함. 이 두 가지가 간결함을 추구하는 작가의 공통점입니다.

　　불필요한 부사와 형용사는 실감을 죽이고 진실을 흐립니다. 썼던 원고를 다시 살펴보세요. '정말 아름다운', '몹시 놀라운' 같은 수식어가 문장을 망치고 있지는 않은지 점검하고, 그렇다면 과감히 제거하세요. 빈자리에는 인물의 한숨, 장면의 실체감, 물건이 내는 소리, 대화에 묻어나는 감정의 골짜기 같은 구체적인 세계를 넣으세요.

어휘: 연장통과 대장간

프랑스 작가 귀스타브 플로베르는 하나의 사물에 딱 맞는
말은 하나밖에 없다는 일물일어(一物一語)를 주장했습니다.
플로베르는 사실주의 문학의 거장으로 이름이 높지만,
〈목걸이〉를 쓴 모파상의 스승으로도 잘 알려져 있죠. 하루는
모파상이 문학 수업을 받으러 플로베르의 집을 찾아갔습니다.
플로베르는 모파상에게 대뜸 물었죠.

"집에 올라오기까지 계단이 몇 개였나?"

모파상은 대답할 수 없었습니다. 모파상이 계단 수를
세어 본 뒤에 다시 들어오자 플로베르는 또 물었습니다.

"일곱 번째 계단에서 뭘 발견했나?"

모파상은 이번에도 답할 수 없었습니다. 플로베르는
왜 이런 터무니없는 질문을 했을까요. 플로베르는 세상에
똑같은 나뭇잎은 없고 똑같은 모래알은 없다고 말했습니다.
제자들에게 현상을 꼼꼼하게 관찰하고, 그 현실에 딱
들어맞는 하나의 단어를 찾아야 한다고 했죠. 바로
일물일어입니다.

플로베르는 평생을 단어에 집착한 작가였습니다.
《마담 보바리》를 쓸 때는 새벽빛을 더 사실적으로 묘사하려고

며칠간 단어 수십 개를 적어 보고 원고를 썼다 지웠다
반복했다고 하죠. 이 책에서 샤를 보바리가 오후 3시에
엠마의 집을 찾았을 때의 집안 풍경을 플로베르는 이렇게
묘사합니다.

> 덧문의 문살 틈으로 햇빛이 들어와 바닥 타일 위로 가느다란
> 줄무늬들이 길게 이어지며 가구 모서리에 부딪혀 부서지고
> 천장에서 떨리고 있었다. 식탁 위에서는 파리들이 마시다
> 놓아둔 유리잔을 따라 기어 올라가거나 바닥에 남은
> 사과주에 빠져 붕붕거리고 있었다. 벽난로 굴뚝을 통해
> 내리비치는 햇빛에 난로 뚜껑의 그을음이 벨벳처럼 보였고
> 차갑게 식은 재가 푸르스름하게 보였다.

모두가 플로베르처럼 단어 하나를 고르느라 며칠씩
보낼 필요는 없습니다. 경제적인 글쓰기도 중요하니까요.
그런데도 플로베르의 일화로 이번 장을 연 까닭은 적확한
표현의 중요성을 강조하고 싶어서였습니다. 글은 단어로
이루어진 그림 퍼즐과 같습니다. 내 생각에 딱 맞는 단어를
골라 끼워 넣어야 그림을 완성할 수 있습니다. 거꾸로 말하면,
한두 단어만 잘못 넣어도 그림이 맞춰지지 않습니다.

적확한 단어를 찾으려면 손품을 팔아야 합니다. 아는 단어라도 국어사전을 찾아 정확한 의미를 파악하고, 유의어 중에 더 적합한 단어가 없는지 살피는 겁니다. 에너지가 소모되는 일이죠. 이 에너지가 없는 작가는 단어 찾기에 '뼈를 깎는 노력'을 하지 않고 '판에 박은 듯한' 상투적인 표현을 택합니다. 클리셰 범벅인 방금 문장에서 보셨듯, 그 결과 시체가 걸어 다니는 문장이 됩니다.

클리셰가 된 표현은 따지고 보면 성공한 말입니다. 그 표현이 등장했을 때 워낙 신선해서 많은 사람이 가져다 쓴 거니까요. 문제는 '너무' 많은 사람이 베껴 쓰면서 독자가 피로해진 거죠. 너무 많이 써서 '죽은 표현'은 문장 전체를 죽일 수 있습니다. 적확한 단어를 찾고, 그 단어를 조합해 나만의 표현을 만드세요. 그 표현이 훗날 클리셰가 될 수 있도록 말이죠.

구어성을 반영한 글

영화 제작 방식은 흑백 무성에서 시작해 컬러 유성, 컴퓨터 그래픽, 3D로 변화해 왔는데, 글쓰기 방식은 19세기 때와

162

차이가 없습니다. 멀리 있는 사람에게 생각을 전달하는 수단이 문자밖에 없었을 때와 그렇지 않을 때의 글쓰기는 달라야 합니다. 과거 구어의 시대에서 문자의 시대로 넘어오면서 구어가 갖고 있던 억양, 표정, 몸짓 같은 언어 외적인 수단은 배제됐습니다. 그러나 영상의 시대가 되면서 전자 미디어가 시각에 갇혀 있던 말의 청각적 감각을 되살리고 있죠. 지금 시대의 텍스트에는 구어성(orality)이 담겨야 합니다.

많은 작가가 변신의 순간을 경험합니다. 편집자와 대화할 때는 자기 분야에 진지하면서도 여유 있고 유머러스한 사람이었는데, 편집자에게 했던 말을 막상 글로 옮기려고 하면 내 안에 조선 시대 문필가가 들어앉아 있습니다. 어휘나 문장 구조가 일상에서 한 번도 써보지 않았을 법한 격식을 갖춘 형태로 탈바꿈합니다.

한국은 유교적 전통과 성리학의 영향을 받아 글에 엄격한 형식과 체계를 부여하고, 글을 인격 수양의 도구로 여겼습니다. 격조 높은 문장이 학식과 품격, 권위를 상징했죠. 반면 영미권은 계몽주의와 개인주의의 영향으로 직접적이고 명료한 의사소통을 중시합니다. 평범한 단어를 사용해 독자에게 말을 건네듯 글을 쓰는 문화가 자리 잡았죠. 이

전통은 지금까지 이어져 영미권 저널에는 구어적 표현이나 위트가 자주 나옵니다.

디지털 시대에는 구어적인 텍스트 서술 방식이 필요합니다. 친구에게 말하듯 글을 쓰는 겁니다. 글이 완성되면 소리 내어 읽고 구어처럼 들리지 않는 부분을 고칩니다. 읽는 리듬이 끊기는 부분도 수정합니다. 대화였다면 쓰지 않았을 단어와 표현도 가능한 한 일상의 언어로 대체합니다. '놀라움을 금할 수 없다' 같은 말을 '놀랍다'로 바꾸는 겁니다.

구어적 단어와 표현이 좋은 이유는 단순히 트렌드여서가 아닙니다. 구어적 서술은 독자가 글을 읽을 때 들이는 수고를 줄여 줍니다. 저는 일상의 단어와 간단한 문장으로 글을 쓰려고 노력합니다. 읽기 쉽기 때문입니다. 글을 읽는 작업은 에너지를 소비하는 활동입니다. 몸속의 열량을 태워 눈과 목과 팔과 어깨와 머리를 일하게 합니다. 여기에 들어가는 에너지가 적을수록 독자는 멈추지 않고 계속 읽을 수 있습니다. 읽는 행위에 에너지를 투자해야 한다면 문자 해독이 아니라 문자에 담긴 생각을 해석하는 데 쓰여야 합니다.

구어적 서술은 글의 깊이를 유지하는 데에도

도움이 됩니다. 쓸데없이 어려운 단어와 복잡한 문장은 작가를 착각하게 합니다. 대작을 쓰고 있다는 착각입니다. 여러 겹의 복문, 다국어 혼합, 중의적 표현, 조어(造語)를 남발한다고 제임스 조이스가 되는 것이 아닌데, 어렵게 쓰면 잘 쓴다고 생각합니다. 그런 작가는 대체로 생각의 허점을 감추고 있습니다. 생각이 명확하지 않으니 문장이 명확하지 않습니다. 구어적으로 쉽게 쓰려면 생각을 명확하게 정리해야 합니다. 문장은 쉬워지는데, 내용은 깊어집니다.

구어적 서술의 장점은 또 있습니다. 친근함입니다. 독자는 창작자와의 거리가 좁혀지기를 원합니다. 소셜 미디어로 인플루언서의 거실과 안방을 들여다보고 그가 입은 운동복이 어디 제품인지 실시간 댓글로 묻는 시대에, 지나치게 격식 있는 문장은 독자에게 거리를 두는 인상을 줍니다. 반면 말하듯 쓴 글은 작가와 독자가 마주 앉아 대화하는 느낌을 주죠.

글의 격조와 구어적 단순함이 충돌한다는 오해가 있지만, 뛰어난 작가와 칼럼니스트일수록 품격 있는 구어체를 구사합니다. 지적이고 여유로우며 위트 있는 사람이 쓸 법한 일상의 언어로 글을 써보세요. 쉬운 단어로 바꿀 수 있다면 어려운 단어는 쓰지 말고, 일상에서 흔히 쓰는 단어로 바꿀 수 있다면 외국어나 전문 용어는 쓰지 마세요.

그러니까 내 말은

'그러니까 내 말은'이라는 말을 많이 듣고 많이 해보셨을
겁니다. 저도 한 달에 몇 번씩 저 말을 합니다. 나의 앞선 말을
상대방이 이해하지 못했을 때 하는 말이죠. 이유는 둘 중
하나겠죠. 내가 잘못 말했거나, 상대가 잘못 해석했거나. 사실
정답은 둘 다입니다. 어떤 단어에 대한 나의 정의와 상대의
정의가 다르기 때문입니다.

'화나다'의 사전적 정의는 '성이 나서 화기(火氣)가
생기다'입니다. '화기'의 정의는 '가슴이 번거롭고 답답해지는
기운'입니다. 번거롭고 답답한 정도는 사람마다 다릅니다.
그러다 보니 '화내지 마'라는 말을 '나 화낸 적 없는데?'라고
받고, 시비를 가리다가 결국 '그러니까 내 말은'이 나올 수밖에
없게 되죠.

소프트웨어는 호환성이 높을수록 좋지만, 말은
반대입니다. 모든 사람에게 모든 상황에 쓸 수 있는 말보다
지금 여기서만 쓸 수 있는 말이 더 정확합니다. 더 생명력이

166

있습니다. 독자를 더 공감하게 합니다.

　　　'쓸쓸하다'처럼 막연한 말이 없습니다. 작가는 '쓸쓸하다'라는 우주처럼 광대한 말에 숨지 말고 어떤 상황에서 쓸쓸한지 구체적으로 적어야 합니다. 고된 하루를 마치고 밤늦게 집으로 돌아오는 길, 사람 목소리가 듣고 싶어서 핸드폰 연락처 목록을 올렸다 내렸다 했는데, 전화할 사람이 없어 카드 회사에 전화해 상담원에게 카드를 잃어버렸다고 말하다가 눈물이 났고, 상담원이 걱정할 것 없다고, 분실 처리를 하면 아무 문제 없을 거라고 말해 줘서 말을 잇지 못할 만큼 눈물이 쏟아졌다고 써야 합니다.

　　　저런 상황을 겪어 보지 못한 사람이 많을 겁니다. 연락처 목록을 살피기도 전에 여기저기서 먼저 전화가 걸려 오는 사람도 있겠죠. 그런 독자가 작가가 말하는 쓸쓸함을 이해할 수 있을까요. 아래 표현을 함께 보시죠.

　　　포르말린처럼 매혹적이고 젓처럼 비릿하고 연탄가스처럼
　　　죽여주는 이야기
　　　(강성은의 시 〈세헤라자데〉 중)

　　　앞장서서 복도를 걸어가는 그녀의 보폭은 넓고 그 발소리는

성실한 대장장이가 이른 아침에 내는 소리처럼 딱딱하고
분명했다.
(무라카미 하루키의 소설 《색채가 없는 다자키 쓰쿠루와
그가 순례를 떠난 해》 중)

나의 고통은 극에 달해 나를 장악해 버렸기 때문에, 회사
사람들이 모두 퇴근한 후 혼자 앉아 있으면, 작은 우주선에
실려 우주의 무한한 어둠 속으로 보내진 개처럼 외로울
것임을 바로 깨달았다.
(오르한 파묵의 소설 《순수 박물관》 중)

저는 포르말린이 무슨 색인지도 모르지만,
강성은 시인의 시를 읽으니 그 이야기는 분명 치명적으로
매혹적이겠구나 싶습니다. 하루키의 문장을 읽으면 복도를
울리는 또박또박 소리가 들리는 것 같습니다. 대장간은 가본
적 없는데 말입니다. 파묵의 문장에선 우주를 가보지 않아도
— 제가 개도 아니지만 — 그 외로움을 이해할 것 같습니다.
　　모두에게 공감받기 위해 '외롭다', '슬프다', '기쁘다',
'즐겁다'처럼 넓고 평평한 말을 남발하면 아무에게도
공감받지 못합니다. 좁고 뾰족한 나만의 표현을 찾아야

합니다. 우리가 훌륭한 우주 영화를 보면서 감동하는 까닭은 우주에 가봤기 때문이 아닙니다. 엘리와 쿠퍼와 와트니가 맞닥뜨린 구체적 현실에 감정을 이입했기 때문입니다. 구체적으로 써야 독자가 상상할 수 있습니다.

연장통과 대장간

문장은 단어의 조합입니다. 단어를 많이 알아야 좋은 문장을 쓸 수 있죠. 모르는 단어는 물론이고 아는 단어도 국어사전에서 습관적으로 검색해서, 유의어와 반의어를 함께 살피며 조금씩 다른 뉘앙스를 익히고, 예문을 보며 용례를 파악해야 합니다. 우리말샘에서 '좋다'를 찾아보면 용례가 2168개가 나오는데, 용례를 공부하면 예문에 쓰인 다른 단어까지 익힐 수 있습니다.

　　여기까지는 학창 시절부터 줄곧 들었던 말입니다. 그런데 국어사전을 자주 찾아봐도 문장력이 바로 늘지는 않습니다. 아는 말과 쓸 수 있는 말이 다르기 때문입니다. 김훈 작가의 산문 〈목수〉에 이런 문장이 나옵니다. "지난봄에는 글쓰기를 아예 작파하고 놀았다."

'작파(作破)하다'는 어떤 계획이나 일을 중도에 그만두어 버린다는 뜻의 동사입니다. 저는 이 단어를 오래전부터 알았지만, 이 글을 쓰기 전까지 한 번도 써본 적이 없습니다. 입으로도 해본 적 없는 말입니다. 이 단어를 쓰지 않기로 마음먹어서가 아니라 어쩌다 보니 그렇게 됐습니다. 내 말과 글로 옮겨지지 않은 단어는 읽을 수 있어도 쓸 수 없는 단어가 됩니다.

새로운 단어를 발견했다면 아는 데 그치지 않고, 말과 글에서 의식적으로 한두 번쯤 사용하면 확실히 내 것이 됩니다. 이렇게 내가 쓸 수 있는 단어의 수를 늘려야 합니다. 스티븐 킹은 작가의 연장통에서 맨 위 칸에 어휘를 넣어야 한다고 말합니다. 철물점에 걸려 있는 어휘를 내 연장통에 넣으려면 우선 진열대에서 꺼내 만져 봐야 합니다.

연장통에 연장이 많아도 뒤섞여 있으면 필요할 때 꺼내 쓰기 어렵습니다. 이럴 때는 표현 노트를 만들면 좋습니다. 저는 한창 문장 공부를 하던 30대 초반까지 이 노트를 만들었습니다. 책이나 기사를 읽다가 좋은 표현이나 참신한 단어를 발견하면 옮겨 적었습니다. 노트 내용 중 일부를 소개합니다.

형이 나와 누나에게 그 말을 처음 끄집어냈을 때도 내 발가락
사이로 초가을 햇살이 히히덕거리며 빠져나가고 있었다.
굵은 모래가 펼쳐진 해변에서였다.
(김승옥의 《생명연습》 중)

어째서 불릿파크의 그 모든 젊은 아이들 중에서 하필이면
토니가 그 알 수도 없고 치료도 할 수 없는 병에 걸리도록
찍혔을까? 그것은 그가 자기 자신에게 던지는 질문이
아니라, 아침에 처음 눈을 뜰 때부터 어두워질 때까지 그에게
보이는 세상이 무자비하게 들이대는 질문이었다.
(존 치버의 《불릿파크》 중)

창문 너머로 나무의 잎들이 변하는 것이 보였다. 10월이
흘러가고 있었다. 의사가 찾아왔을 때 그는 말했다. "언제
퇴원하죠? 1967년 가을을 놓치고 있잖아요." 의사는 침착한
표정으로 귀를 기울이더니, 이윽고 웃음을 지으며 말했다.
"아직도 모르겠어요? 모든 걸 다 놓칠 뻔했는데."
(필립 로스의 《에브리맨》 중)

이런 표현이 쌓여서 노트 몇 권이 됐습니다. 글이

막히거나 좋은 표현이 떠오르지 않을 때 노트를 펼쳐 봅니다. 노트에 적힌 표현을 그대로 가져다 쓸 수는 없지만, 몇몇 표현에서 영감을 받아 생각이 발전합니다. 나만의 표현이 만들어지는 대장간인 셈입니다. 좋은 표현 한두 개가 글 전체의 인상을 결정합니다. 독자가 글을 덮고 나서도 오래 기억하게 합니다. 그런 글이 좋은 글입니다.

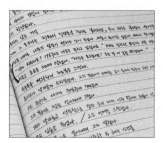

표현 노트

대화: 인터뷰 잘하는 법

저는 인터뷰 기사를 좋아합니다. 2014년에 회사를 차리고
처음 한 일도 인터뷰 기반의 책 작업이었습니다. 이어령,
김부겸, 심재명, 이문열, 최재천, 고은, 엄홍길, 안희정,
승효상, 김범수, 제인 구달, 니콜라스 카, 이반 자오 등을
인터뷰했습니다. 2018년에는 '북저널리즘 톡스(talks)'라는
인터뷰 시리즈를 시작했습니다. 혁신가를 인터뷰해 주 1회
뉴스레터로 발행합니다. 벌써 300회가 넘었네요.

에디토리얼 라이팅 작가에게 인터뷰는 강력한
무기가 됩니다. 구어성이 강한 텍스트여서 요즘 독자에게 잘
맞기도 하고, 게다가 인터뷰 기사는 시간 투자 대비 품질이
뛰어납니다. A4 용지 세 장 분량의 산문을 출판 품질로
써내려면 사나흘은 잡아야 합니다. 주제가 잡혔을 때가
그렇고, 주제부터 찾아야 한다면 며칠 더 걸리겠죠.

그런데 인터뷰 기사는 — 섭외와 준비, 진행에 들어간
시간은 제외하고 원고 작성에 들이는 시간만 따졌을 때 —
서두르면 서너 시간 만에도 완성된 원고를 낼 수 있습니다.
글쓰기란 곧 생각하기인데, 그 생각의 대부분이 제가 아니라
제 앞에 앉은 사람에게서 나오니까요. 원고의 흐름을

정리하고 문장을 다듬을 시간만 있으면 되죠.

인터뷰가 좋은 또 하나의 이유는 생동감입니다. 제가 한 영화감독의 삶과 연출 철학에 관해 아무리 정확하고 구체적인 언어로 에세이를 쓰더라도, 그 영화감독을 인터뷰한 기사보다 생생하게 쓰기는 어렵습니다. 인터뷰에는 그의 목소리가 담겨 있고, 웃음, 침묵, 제스처까지 드러나니까요. 말을 글로 옮겼으니 생생할 수밖에 없죠.

인터뷰 기사는 목적, 형식, 매체, 분량에 따라 구분할 수 있습니다. 인물 이야기를 전하는 기사인지, 쟁점에 대한 전문가의 견해를 알리는 기사인지, 회사 브랜딩을 위한 기사인지, 목적별로 나눌 수 있습니다. 형식 면에서는 직접 화법인지 간접 화법인지, 작가의 해설이 들어가는지 들어가지 않는지 등으로 나뉩니다.

매체별 구분도 가능합니다. 기사가 실리는 곳이 일간지인지 상업 잡지인지, 사보 같은 비영리 간행물인지, 뉴스레터 같은 디지털 매체인지에 따라 기사 스타일이 달라집니다. 분량도 기준이 됩니다. 독자에게 가장 익숙한 분량은 200자 원고지 30매입니다. 일간지의 전면 인터뷰 분량이죠. 이보다 짧으면 미니 인터뷰 같고, 길면 심층 인터뷰 느낌이 납니다.

이번 장에서는 인터뷰 기사를 작성하는 법을 이야기합니다. 인터뷰의 목적, 형식, 매체, 분량에 따라 작법이 조금씩 다른데요, 가장 흔히 접하는 형태인 원고지 30매 분량의 인물 이야기 인터뷰를 기준으로 서술합니다.

인터뷰를 잘하려면 좋은 인터뷰 기사의 기준부터 알아야 합니다. 좋은 인터뷰 기사는 두 가지 요건을 갖춥니다. 첫째, 인터뷰어의 관점이 있는 것입니다. 작가는 인터뷰이를 어떤 앵글로 바라볼지 정해야 합니다. 앵글 설정은 산문으로 치면 주제를 정하는 작업입니다. 인터뷰 기사에서 주제는 인터뷰이가 아니라 인터뷰이에 대한 나의 관점이어야 합니다. 이 관점이 없는 인터뷰 기사가 의외로 많습니다. 그러니 누가 인터뷰를 해도 같은 내용밖에 나오지 않습니다.

둘째, 독자가 읽고 나서 그 인물과 대화한 듯한 기분이 드는 것입니다. 복싱은 거리 싸움이라고 하죠. 리치가 짧은 선수는 상대의 품으로 파고들어 싸워야 합니다. 나에게 가장 유리한 거리에서 싸워야 이길 수 있습니다. 인터뷰의 특장점은 생동감입니다. 생동감을 잘 살려야 산문을 이길 수 있습니다. 현장감과 생동감이 없는 인터뷰 기사를 쓸 거라면 굳이 인터뷰 형식을 택할 이유가 없습니다. 전화로 궁금한 것 몇 가지 물어보고 산문을 쓰는 편이 낫습니다.

미국 매사추세츠주의 한 대학에서 있었던 일입니다. 이 학교에는 학생이 관심 분야에서 전문가 인터뷰를 수행하는 수업이 있습니다. 한 학생이 양극화하는 미국 정치를 주제로 잡았습니다. 인터뷰이로는 그 학교가 있는 카운티의 의원을 꼽았습니다. 우리로 치면 시의원입니다. 왜 그 사람을 선택했는지 교수가 캐물었죠. 학생이 답합니다. "인터뷰에 응해 줄 것 같아서요."

인터뷰이를 섭외할 때는 인터뷰를 할 수 있는 사람이 아니라 하고 싶은 사람에게 가장 먼저 요청해야 합니다. 미국 정치의 양극화를 다루고 싶다면 도널드 트럼프나 개빈 뉴섬, 버니 샌더스를 먼저 떠올려야 합니다. 그런 다음에 이 당돌한 계획은 성공 확률이 낮을 테니, 플랜B, C, D를 마련해야죠.

섭외를 잘하려면 거절을 두려워해선 안 됩니다. 거절이 디폴트값이고, 수락은 버그에 가깝습니다. 저는 한 사람에게 5년간 계절이 바뀔 때마다 안부 인사 겸 작업 요청을 해서 끝내 승낙을 받은 적이 있습니다. 바꿔 말해 한 사람한테 열몇 번 거절당한 겁니다. 제가 아까 글머리에 인터뷰했던 명사의 이름을 트로피처럼 늘어놨지만, 거절했거나 응답하지 않은 명사의 이름을 적자면 최소 80명은 됩니다.

섭외를 잘하는 첫째 비결은 정성이지만, 정성을 들여도 안 되는 경우가 많습니다. 인터뷰이의 니즈를 충족하지 못했기 때문입니다. 인터뷰는 인터뷰이와 인터뷰어 상호 간(inter) 득이 될 때 성사됩니다. 그를 인터뷰하고 싶은 나의 니즈와 인터뷰에 응하고 싶은 그의 니즈가 등가 교환이 되어야 합니다. 매체 영향력이 클수록 섭외가 수월한 이유입니다.

매체 영향력이 전부는 아닙니다. 매체에 나가서 뭔가를 알릴 필요가 없는 사람도 있으니까요. 김범수 카카오 창업자는 은둔의 경영자로 불립니다. 인터뷰를 좀처럼 하지 않습니다. 득은 확실히 없고, 말실수라도 했다간 실이 될 수 있죠. 그런 그가 저희 매체와는 여러 번 만나 장시간 인터뷰를 가졌습니다. 서로의 니즈를 교환했기 때문입니다.

그의 니즈는 무엇이었을까요. 일단 매체 영향력은 아닙니다. 주요 언론의 인터뷰 요청도 마다하는데, 굳이 미디어 스타트업을 택할 이유가 없습니다. 돈도 아닙니다. 재산이 5조 원이 넘는데요. 저는 그가 공식 행사에서 발언한 내용을 토대로 그가 스타트업 씬에 부채 의식이 있다고 판단했습니다. 그가 일군 한게임, 네이버, 카카오 정도의 성공은 사람의 노력만으로 되지 않죠. 스타트업 생태계에 고마움과 책임감을 느끼고 있다고 봤습니다. 그래서 짧은 메일을 보냈습니다.

　　"김범수 의장님, 저희 팀은 책과 뉴스를 재정의하겠다는 미션으로 출판 스타트업을 꾸려 나가고 있습니다. 스타트업 후배 좀 도와주십시오."

　　며칠 지나서 짤막한 답장이 왔습니다.

　　"멋진 일 하고 있네요. 연락할게요. 한번 봅시다."

　　인터뷰이에게 내가 줄 수 있는 것이 무엇인지 잘 생각해 보세요. 꼭 매체 영향력이나 금전이 아닐 수 있습니다. 인터뷰이와 관련된 정보를 찾아보고, 니즈를 추론하고, 니즈를 충족하는 제안을 하세요. 이 작업을 정성 들여 반복하다 보면 — 김 전 의장도 2년 만에 인터뷰를 수락했습니다. — 가끔 버그가 일어납니다. 그러고 나면 다음부터는 조금 쉬워집니다. 트랙 레코드가 생겼으니까요.

　　인터뷰를 준비하며

────────────────────────────

만날 사람이 정해졌다면 만날 준비를 시작합니다. 인터뷰이와

관련된 자료를 최대한 수집합니다. 지나치다 싶을 만큼
사소한 것까지 찾아보고 확인합니다. 공개 정보가 없는
인물이라면 그가 속한 업계의 동향과 회사의 역사라도
살펴봅니다. 사전 조사를 철저히 하다 보면 그 인물에 대한
나의 관점이 서서히 생깁니다. 계속 그를 학습하면서 앵글을
미세 조정합니다.

　　　　이문열 작가를 인터뷰했을 때의 일입니다. 이
선생을 만나러 간다고 하니 누군가는 《삼국지》를, 누군가는
'조·중·동'을 먼저 입에 올렸습니다. 이게 저의 앵글이
됐습니다. "그만큼 과소평가된 동시에 과대평가된 작가도
드물 것이다." 출판된 원고에도 이 문장이 들어갔습니다.
몇 년 지나 이 선생이 한 일간지와 인터뷰를 하며 저 문장을
언급했습니다.

　　　　"참 재미있기도 하고 속상하기도 한 그런 말이었다."

　　　　인터뷰이도 기억할 만한 내 관점을 만들어야
합니다. 앵글을 정했다면 기사의 스토리라인을 잡습니다.
인터뷰 기사는 질문과 답변의 모음이 아닙니다. 글쓰기의 한
유형입니다. 모든 글에는 맥락이 있어야 합니다. 예를 들어
전성기를 맞은 스탠드업 코미디언을 인터뷰한다면 기사의
흐름을 이런 식으로 잡을 수 있습니다.

1장. 남을 웃긴다는 것

2장. 오랜 무명 시절

3장. 결정적 순간

4장. 다음 10년

1장에서는 출연하고 있는 프로그램 얘기로 시작해 코미디언이라는 업에 관한 생각을 이야기합니다. 2장에서는 20년 전 데뷔 준비 과정과 오랜 무명 시절을 회고합니다. 3장에서는 기회를 포착해 이름을 알리고 최고의 자리에 오르기까지의 과정을 전합니다. 4장에서는 이 업의 미래와 엔터테인먼트 산업 전망, 개인적 바람을 담습니다.

질문지를 짤 때는 궁금한 걸 생각나는 대로 쭉 적어서는 안 됩니다. 스토리라인 흐름에 따라 장별로 물어야 할 것들을 채워 넣습니다. 가상 대화를 하듯 묻고 답변을 예상하고 다시 묻습니다. 최종 원고의 흐름을 생각하고 만든 질문지여서 그 순서대로 질문하면 — 물론 인터뷰이는 각본대로 따라 주지 않습니다. 현장에서는 질문지를 앞뒤로 넘겨 가며 질문하게 되죠. — 원고를 작성할 때 시간을 아낄 수 있습니다.

183

이제 인터뷰이를 만나러 갑니다. 인터뷰할 때 명심할 것이 있습니다. 작가는 머리로 원고를 쓰면서 인터뷰해야 합니다. 그와 내가 만난 목적은 담소를 나누고 친분을 쌓기 위해서가 아닙니다. 결국 인터뷰 기사를 만들기 위해서입니다. 작가는 인터뷰하는 동안 최종 원고의 분량, 깊이, 서사를 끊임없이 확인해야 합니다.

잡지사로부터 경영인 인터뷰 원고 청탁을 받았다고 가정해 볼까요. 분량은 원고지 30매입니다. 내가 잡은 스토리라인은 5개의 장으로 이루어져 있습니다. 장별로 디자인, 생산, 마케팅, 인사, 경영 철학을 담을 계획입니다. 장별 분량은 같습니다. 그럼 장별로 원고지 6매가 되어야 합니다. A4 용지로 환산하면 3분의 2쪽 정도입니다.

1장은 디자인 철학을 이야기합니다. 그런데 인터뷰이가 이 얘기는 조금만 하더니, 바로 생산 철학으로 건너뜁니다. 작가는 머릿속으로 원고 분량을 계산해야 합니다. '방금 말한 내용은 원고지 2매밖에 안 나오겠다.' 해법은 4매를 더 뽑아내거나, 추후 스토리라인을 재구성하는 것입니다. 전자를 택했다면 꼬리를 무는 질문을 붙여서 원고 분량을 채웁니다.

인터뷰할 때는 첫 질문이 중요합니다. 인사와 근황을 넉넉히 나누고 본격적인 인터뷰로 들어가면 분위기가 너무 풀어집니다. 편안하면서도 약간의 긴장감이 돌아야 인터뷰이가 더 집중하고 중요한 이야기를 꺼낼 수 있습니다. 김범수 카카오 창업자를 인터뷰할 때 첫 질문은 이거였습니다.

"한국에서 손꼽히는 부자가 되셨습니다. 행복하십니까?"

기대했던 대로 좋은 답이 돌아왔습니다. 목표 달성 이후의 방황, 행복의 정의, 인간관계의 본질로 대화가 이어졌고, 최근 화두가 행복에서 선택으로 옮겨 왔다는 이야기가 나왔죠. 행복이 뭘까를 계속 고민하다가 "내가 선택한 삶이라면 행복하지 않아도 된다"는 답에 이르렀다는 겁니다.

질문은 사전 조사에 기반해 맥락을 제시하면 좋습니다. 예를 들어 인터뷰이의 과거 발언을 인용해 "당신은 이런 표현을 사용한 적이 있는데, 당신의 성장 과정 또는 경험과 어떤 관련이 있나요?"라는 식으로 질문하는 겁니다. 맥락을 붙여서 질문하면 대화가 깊어집니다. 미국 공영

라디오 NPR의 테리 그로스가 이런 질문을 잘합니다.

얼마 전 그로스가 진행하는 프로그램에 배우 틸다 스윈튼이 출연했습니다. 새 영화 〈룸 넥스트 도어〉를 홍보하는 자리였죠. 스윈튼은 영화에서 말기 암으로 시한부 판정을 받자 존엄하게 죽기 위해 안락사를 선택하는 인물을 연기했습니다. 그로스는 스윈튼이 스튜디오로 들어오자 간단한 인사를 나눈 다음, 바로 본론으로 들어갑니다.

"당신이 출연한 첫 영화를 연출한 데릭 저먼을 포함해 당신의 친구들이 에이즈 유행으로 숨졌고, 부모님도 돌아가신 것으로 알고 있습니다. 당신의 삶 속에 많은 사람이 죽음을 맞았다는 걸 알아요. 이번 영화의 시나리오와 캐릭터가 아주 개인적인 차원에서 당신과 연결되는 방식이 있었나요?"

이렇게 물으면 좋은 답변이 나올 수밖에 없습니다. 이날 둘의 대화는 영화 홍보라기보다 죽음에 관한 이야기, 모든 종류의 것에서 살아남는 것에 관한 이야기였습니다. 그로스와 스윈튼은 영화와 죽음이라는 주제를 오가며 40분간 대화합니다. 상실의 경험을 집요하게 파고드는 게 쉬울 리 없습니다. 그러나 불편한 질문이라도 독자를 대신해 물어야 합니다. 작가는 결국 원고를 쓰는 사람이고, 원고는 독자를 대상으로 쓰여야 합니다. 독자가 알아야 할 것을 독자 대신 질문해야 합니다.

인터뷰에서 또 하나 챙겨야 할 것은 디테일입니다. 두루뭉술한 답변이 돌아오면 구체적으로 되물어야 합니다. 스타트업 대표인 인터뷰이가 창업 초기의 어려움을 "회사에서 살다시피 했어요"라고 한마디로 답하면, 일주일에 며칠을 회사에서 잤고, 사무실 내 어디에서 잤고, 뭘 먹었고, 어디서 어떻게 씻었는지 물어야 합니다. 그 디테일이 기사를 입체적으로 만듭니다. 독자는 부사와 형용사에 공감하지 않습니다. 디테일에 공감합니다.

간혹 인터뷰이가 모든 질문에 단답식으로 답하는 경우가 있습니다. 질문 방식을 바꿔 봐도 짧은 답이 돌아옵니다. 이래서는 원고가 나오지 않죠. 이럴 때 저는 정중하되 직설적으로 말합니다. "원고지 30매 분량의 기사를 써야 하는데, 지금 말씀하신 내용으로는 절반도 안 나올 것 같아 걱정입니다." 그러면 거의 모든 인터뷰이가 자세를 고쳐 앉고 이야기를 더 들려줍니다. 일부러 그럴 생각은 아니었으니까요. 그럴 거라면 애초 인터뷰에 응하지 않았겠죠.

인터뷰를 마치고 돌아왔습니다. 이제부터 원고를 씁니다.
원고 집필의 핵심은 대화의 재구성입니다. 대화를
재배치하는 작업입니다. 구어를 그대로 글로 옮기면 생각의
덩어리(단락)가 조각나 있기 마련입니다. 문어(文語)처럼
조리 있게 말하는 사람은 거의 없으니까요. 생각 덩어리에서
떨어져 나간 조각을 모아서 있어야 할 곳에 붙입니다.

앞서 다룬 스탠드업 코미디언 예시를 다시 볼까요.
인터뷰이는 남을 웃긴다는 것(1장)에 관해 이야기하다가,
업의 본질을 고민하는 과정에서 쇼 비즈니스의 미래(4장)를
엿봤다며 이 얘기를 꺼냅니다. 그러고는 다시 원래 흐름으로
돌아와 오랜 무명 시절(2장)을 회상합니다. 이럴 때는 문제의
대화를 쪼개서 쇼 비즈의 미래를 언급한 조각을 4장으로 옮겨
붙이거나, 아니면 구어의 흐름이 더 자연스럽게 읽힌다면
스토리라인을 재구성해 1장 뒤에 4장이 오도록 합니다.

이때 명심해야 합니다. 이 작업은 인터뷰이가 한
말의 취지를 살리기 위한 것입니다. 사실을 왜곡하거나
맥락을 바꾸는 편집은 해서는 안 됩니다. 다만 각색의 강도는
인터뷰의 목적에 따라 달라지는데, 회사 블로그에 CEO

인터뷰를 실어 회사를 홍보할 목적이라면 각색의 강도를 높여도 무방하겠죠.

주제가 전환되는 부분을 연결하는 방법도 신경 써야 합니다. 대화 주제가 갑자기 바뀌면 독자의 읽는 흐름이 깨질 수 있습니다. 가장 쉬운 방법은 이미지 삽입입니다. 1장에서 2장으로 넘어갈 때 전면 사진을 넣으면 독자가 페이지를 넘기거나 스크롤을 내리는 동안 자연스럽게 분위기를 환기할 수 있습니다. 소제목을 붙이는 방법도 있고요. 문맥에서 녹여 낼 수도 있습니다. 스탠드업 코미디언 예시라면 1장(남을 웃긴다는 것)에서 2장(오랜 무명 시절)으로 넘어갈 때 이렇게 연결할 수 있습니다.

"(요즘 활동 이야기, 업의 본질에 관한 이야기를 나눈 뒤) 올해로 벌써 데뷔 20년입니다. 남 웃기는 일, 지치지 않으세요?"

"지치지 않는다면 거짓말이겠죠. 지치긴 지치는데, 확 지치진 못하겠더라고요. 제대로 한번 웃겨 봐야 제대로 지칠 수 있을 것 같은데. 20년을 해도 아직 방법을 모르겠어요."

"처음으로 남을 웃겨야겠다고 생각한 건 언제였나요?"

"고등학교 2학년 때였던 것 같아요. 국사 시간이었나, 수업 시간에 자다가 걸렸는데, 선생님이 어젯밤에 뭐 했냐고 물으셨어요. 아무 생각 없이 '잤는데요?'라고 대답했죠. 그랬더니 애들이 막 웃는 거예요. 선생님도 어이없어하시고. 선생님이 기대한 답은 아니지만, 틀린 답은 아니죠. 잔 건 사실이니까. 대화가 미세하게 엇갈린 틈에서 웃음이 나온 건데, 되게 신기했어요."

자연스럽게 그가 코미디언을 꿈꾸고, 데뷔를 준비하고, 무명 생활을 시작하는 이야기(2장)로 넘어갑니다. 주제가 바뀌는 접합 부위를 매끄럽게 마감하면 독자는 주제 전환을 인식조차 하지 못하고 이야기를 따라갈 수 있습니다. 독자가 이야기 밖으로 나가지 못하도록 붙잡아 두는 것이죠. 연결 부분의 처리는 스토리라인을 짤 때부터 어느 정도 구상해 두면 좋습니다. 이전 장의 마지막 질문이 다음 장의 첫 질문과 유기적으로 이어지게 합니다.

원고 정리가 얼추 마무리되면 이야기에서 미흡한 점을 찾습니다. 힘을 줘야 할 부분이 생각보다 약하거나, 특정 대목의 논리가 빈약하거나, 부족한 점이 반드시 나타납니다. 이 대목에서 이 질문을 해서 답을 들었으면 좋았겠다 싶은 것들이 생기죠. 그럴 때 보충 인터뷰를 갖습니다. 간단한 문답일 테니 가볍게 전화 통화로 해도 됩니다.

　　아까 코미디언 예시에서 "처음으로 남을 웃겨야겠다고 생각한 건 언제였나요?"라는 질문에 인터뷰이가 "학창 시절부터 제가 말만 하면 애들이 웃더라고요. 코미디에 자연스럽게 관심을 두게 됐죠"라고만 답했다면, 독자가 감흥을 느낄 구석이 없습니다. 보충 질문이 필요합니다. 최초로 친구들을 웃게 했던 기억을 들려 달라고 합니다. 그러면 아까 같은 답변이 나옵니다. 보충 인터뷰의 답변까지 넣고 나면 원고가 훨씬 드라마틱해집니다.

　　원고 집필을 마치고 퇴고할 때는 — 모든 글에 통용되는 퇴고법은 다음 장에서 소개합니다. — 다른 글과 달리 문장의 톤을 고민해야 합니다. 인터뷰 기사에는 사람의 목소리가 담겨야 하니까요. 저는 인터뷰이의 말투를 되도록 살리는 편입니다. 0은 조금도 교정하지 않은 상태이고, 10은 기술적인 글을 엄격하게 교정한 상태라고 할 때, 7 정도로 교정합니다. 군말을 줄여 가독성을 높이되, 그 사람의 말투가 종이 뒷면에 번진 인장 자국처럼 남아 있게 합니다.

　　영화 제작자인 심재명 명필름 대표를 인터뷰한 적이 있습니다. 화려한 이력과 달리 심 대표는 자신을 '수세적인 사람'이라고 표현합니다. 모든 게 부족했고, 그래서 채울 수 있었다는 고백도 있었습니다. 인터뷰할 때는 몰랐는데, 녹취록을 보니 '-되다' 같은 수동형 문장과 '-것 같다'는 완곡한 표현이 많았습니다. 다른 글이었다면 능동형 문장으로 고쳤겠지만, 심 대표의 성격을 드러내는 언어 습관이라 생각해 되도록 고치지 않았습니다. 독자가 글을 읽으며 심 대표와 대화하는 기분이 들어야 하니까요.

퇴고: 버리고 버리기

빈 페이지를 앞에 두고 작가는 절망합니다. 왜 글은 쓴다고 해서 이 고생을 하는지 과거의 나를 다그치고, 무를 방법은 없는지 찾아보기도 합니다. '출판 계약 파기 시 손해 배상' 같은 검색어를 입력해 본 사람도 있을 겁니다. 마감의 압박을 모르지 않지만, 작가의 가장 큰 고충은 따로 있습니다. 원고 쓰기를 마치고 초고를 보는 치욕을 피할 수 없다는 것이죠.

헤밍웨이가 그랬다죠. "뭐든 처음 쓰는 것은 다 쓰레기다(The first draft of anything is shit)." 심지어 그 쓰레기를 내가 만들었다니 믿고 싶지 않습니다. 그러나 초고는 고치기 위해 존재합니다. 사전적 정의부터 그렇습니다. 초고의 정의는 '초벌로 쓴 원고'입니다. 초벌의 정의는 '같은 일을 여러 번 거듭해야 할 때 맨 처음 대강 하여 낸 차례'입니다.

초고를 썼다면 이제 같은 일을 거듭할 차례입니다. 퇴고입니다. 정리 전문가인 곤도 마리에는 "설레지 않으면 버려라"라고 말합니다. 퇴고는 그 반대입니다. 설레면 버려야 할지 의심해야 합니다. 내용 전달에 충실한 문장은 작가를 설레게 하지 않습니다. 수도 배관처럼 숨어서 일하는 문장이라 없으면 글이 마비되지만 있어도 티가 안 납니다.

　　　설레는 문장은 주로 직유와 은유 같은 수사적
표현이나 명언집에서 튀어나온 듯한 추상성을 담고 있습니다.
작가의 총애를 받는 문장이죠. 그러나 애착이 가는 장면, 문장,
표현이라도 전체 이야기에 도움이 되지 않는다면 버려야
합니다. 아무리 재밌는 에피소드라도 '말이 났으니 말인데'
식으로 곁가지를 치는 내용도 과감하게 잘라 냅니다.

　　　인도 수도 뉴델리의 대기 오염 문제를 주제로 피처
기사를 쓴다면 이런 묘사로 시작할 수 있습니다.

> 달구어진 쇠처럼 벌건 하늘이 뉴델리를 짓누르고 있었다.
> 공기는 숨을 쉴 수 없을 만큼 탁했다. 핏빛 스모그가 거리를
> 휘감아 차도와 보도의 경계를 지웠다. 중년 남자가 얼굴을
> 수건으로 싸매고 검은 눈만 내놓은 채 위태로이 걷고 있었다.

　　　작가는 '달구어진 쇠처럼 벌건 하늘'이라는 표현이
마음에 듭니다. 이어지는 문장에서 묘사를 쌓아 올려 불길한
기운을 풍기는 것도 멋스럽다고 생각합니다. 글쓰기에서
작가가 자주 마주하는 위험한 상황입니다. 작가가 좋아하는
표현이라고 해서 독자에게 바람직하지 않은 요소를 그대로

두면 안 됩니다. 도입부에서 간단한 요점에 이르기까지 오랜
시간이 걸렸습니다. 짧게 시작해야 합니다.

　　　뉴델리의 하늘은 붉었다.

　　　이 짧은 리드는 독자를 질문하게 합니다. 하늘이
왜 붉은지, 이야기의 배경에 호기심을 갖게 합니다. 독자는
답을 얻기 위해 계속 읽어야 합니다. 게다가 더 경제적인
문장입니다. 앞의 문단은 이 질문의 일부에 답할 수 있지만,
흥미를 끌지는 않습니다. 긴장감이 없고 길 뿐입니다.
　　　퇴고는 버리는 일입니다. 주제 의식을 강화하지 않는
내용은 버려야 합니다. 중언부언 늘어놓은 말도 쳐냅니다.
없어도 상관없는 단어는 없앱니다. 군더더기를 제거하면 내가
쓴 것과 쓰지 않은 것이 무엇인지 보입니다. 쓰지 않은 것이
있다면 채워 넣습니다. 퇴고를 마친 뒤 원고 분량이 초고보다
줄었다면 성공입니다. 저는 퇴고할 때 초고의 5~10퍼센트를
덜어 냅니다.
　　　뉴 저널리즘의 기수로 꼽히는 미국 작가 조앤
디디온은 모든 문장에 작가의 일관된 시선이 담겨야 한다고
말합니다. 디디온은 문장이 이야기의 전체 흐름에서 벗어나지

않는지 자기가 쓴 글을 철저히 감독했죠. 초고가 나오면
카메라 앵글을 바꾸듯 문장의 구조를 바꿔 문장의 의미를 더
명확하게 만들고, 톤이 안 맞는 문장은 통째로 날렸습니다.
그는 말합니다.

　　　　"나는 내가 무엇을 생각하는지 알아내기 위해 글을
쓴다."

　　　　퇴고는 단순히 오탈자를 잡아내는 과정이 아니라,
내가 무엇을 생각하고 무엇을 말하고자 했는지 확인하는
과정입니다. 글의 목적과 주제에서 벗어난 내용이 있다면
과감하게 정리하세요. 무정한 퇴고가 글을 단단하게 합니다.

　　　거리 두기

───────────────────────────────

글을 쓸 때는 두 가지 태도가 필요합니다. 하나는 몰입이고,
다른 하나는 거리 두기입니다. 몰입은 작가가 이야기
속으로 뛰어드는 행위입니다. 가자 전쟁의 참상을 고발하는
피처 기사를 쓸 때 작가는 머릿속에서 폐허가 된 가자
지구 시가지를 걷고 있어야 합니다. 모든 문장을 끊임없이
감시하면 글을 전개할 수 없습니다. 초안을 쓸 때는 일단 글을

밀고 나가야 합니다.

퇴고할 때는 이야기에서 빠져나와야 합니다. 처음의 흥분을 가라앉히고 한 걸음 물러서서 글의 질서를 살핍니다. 질서를 위반한 문단과 문장과 표현을 쳐내야 하는데, 글을 쓰는 동안 정이 든 것들이라 이사할 때 버릴 책을 고르는 것처럼 고통스러울 수 있습니다. 남겨 두어야 할 이유를 찾고 있는 자신을 발견하게 되죠. 그래서 거리 두기가 필요합니다.

글과 나의 거리를 넓히는 가장 좋은 방법은 시간입니다. 스티븐 킹은 초고를 서랍 속에 넣고 6주 정도 묵히라고 조언하는데요, 그가 쓰는 글이 소설이라 가능한 방법이겠죠. 시의성 있는 글을 쓰는 사람은 그렇게까지 할 여유가 없습니다. 그래도 최소한 한 시간은 초고를 묵히면 좋습니다. 이때는 글 생각을 하지 않습니다. 그래야 글을 다시 봤을 때 조금은 낯선 기분이 드니까요.

저는 지금 쓰기와 고치기를 병행하며 원고 작업을 하고 있습니다. 오늘은 어제 초안을 썼던 이 책의 11장을 고치고 12장을 쓰고, 내일은 12장을 고치고 13장을 쓸 계획입니다. 하루 묵혔다가 1차 퇴고를 하는 셈입니다. 경제성과 거리 두기의 적당한 타협점이 저는 하루 정도라고 생각합니다. 디디온도 원고를 하루쯤 묵혔다고 하죠.

사람을 달리해서 거리를 만드는 방법도 있습니다. 내가 집필한 글을 남이 봐주는 거죠. 출판사에서 원고를 교정할 때도 여러 사람이 참여합니다. 책마다 담당 편집자가 있지만, 교정을 볼 때는 품앗이를 합니다. 한 사람이 같은 원고를 오래 보면 눈이 굳어서 뻔한 오류인데도 못 보고 지나치는 일이 있습니다.

퇴고를 혼자 해야 한다면 내 눈을 속여 거리를 만들 수 있습니다. 원고의 글씨체와 크기를 달리하는 겁니다. 예를 들어 컴퓨터 화면에서 1차 퇴고를 할 때 서체를 바탕체, 크기 10으로 봤다면, 2차 퇴고를 할 때는 돋움체, 크기 12로 해서 봅니다. 그러면 원고 형태가 낯설어져서 다른 사람까진 아니어도 반쯤 다른 사람이 된 것처럼 내 원고를 볼 수 있습니다. 3차 퇴고는 원고를 출력해서 봅니다. 물성이 생기면 원고가 또 조금은 낯설어집니다.

1차, 2차, 3차 퇴고는 목적이 다릅니다. 1차 퇴고에서는 큰 그림을 봅니다. 주제에서 벗어난 내용은 없는지, 각 장과 절의 흐름이 자연스러운지 살핍니다. 2차 퇴고에서는 문단 수준까지 검토합니다. 문단 내에서 문장을 재배치하거나 삭제, 추가합니다. 3차 퇴고에서는 문장 단위로 내려갑니다. 문장을 더 세밀하게 다듬습니다. 맞춤법,

띄어쓰기 같은 명백한 오류를 바로잡습니다.

저는 최종 발행물의 시각적 형태도 신경 쓰는 편입니다. 글을 읽다 보면 행갈이가 특정 위치에서 반복되어 글이 빡빡해 보이거나, 반대로 휑해 보이는 경우가 있습니다. 이럴 때 저는 글의 호흡을 해치지 않는 선에서 단어를 줄이거나 보태 문단의 형태를 보기 좋게 만듭니다. 문단의 조형미도 독자의 읽기 경험에 영향을 미치니까요.

고치는 기술

글은 고칠수록 좋아집니다. 쓰기보다 고치기에 더 많은 시간을 쏟아야 합니다. 저는 이 책의 초고를 22일간 썼습니다. 하루의 절반에는 새 글을 쓰고, 나머지 절반에는 전날 쓴 글을 고쳤습니다. 초고를 완성하고는 추가로 9일 더 퇴고했습니다. 그러니까 쓰기에 11일, 고치기에 20일을 쓴 셈입니다. 지금 이 문단도 원래는 퇴고에 집착했던 대문호의 사례를 넣었다가, 퇴고 단계에서 여러분이 거리감을 느낄까 봐 제 사례로 고쳐 쓰고 있습니다. 저는 퇴고할 때 일곱 가지를 점검합니다.

첫째, 수동태를 능동태로 고칩니다. 수동태는

문장의 속도감을 죽입니다. 문장은 주어의 행위를 명확하게 드러내야 합니다. '실수가 저질러졌다'라는 수동태 표현은 누가 실수했는지 불분명해져서 독자의 관심을 흐리고 책임 소재를 모호하게 만듭니다. 한 문장씩 주어가 명확한지 확인하고, 맥락상 행위의 주체를 밝히는 게 중요한지 점검합니다. 정치 스캔들을 다룬다면 '권력 행사는 종종 은밀하게 이루어진다'보다 '권력자는 종종 은밀하게 권력을 행사한다'가 낫습니다. 그래야 독자가 '누가 무엇을 하는지' 선명하게 파악할 수 있습니다.

둘째, 과도한 부사와 형용사를 제거합니다. 습관적으로 붙인 수식어가 문장을 무디게 하거나 리듬을 망가뜨리는 경우가 많습니다. 부사와 형용사를 없애도 문장의 의미가 달라지지 않는다면 없앱니다. 설명하지 않고 보여 줍니다. '그는 매우 슬퍼 보였다' 대신 '그는 빈 술병을 손에 쥐고 한참 동안 움직이지 않았다'라고 써서 독자가 슬픔을 알아차리게 합니다. 모호한 수식어를 빼면 독자가 감정과 상황, 장면을 더 선명하게 상상할 수 있습니다.

셋째, 중복되는 단어와 표현을 줄입니다. 한 문단 내에서 같은 단어가 자꾸 등장하면 글이 단조롭고 장황해집니다. 필요하다면 동의어나 더 구체적인 표현으로 교체를 검토합니다. 《이코노미스트》는 기사에서 특정 어휘를 반복하지 않으려고 집요하게 노력합니다. 'inflation(인플레이션)'이라는 단어를 여러 번 써야 할 때는 중간중간에 'rising prices', 'the cost of living' 등으로 표현을 달리합니다. 초고에선 일단 쓰고, 퇴고에서 중복을 조절합니다.

넷째, 핵심 메시지를 먼저 말합니다. 독자는 해야 할 것이 많은 사람입니다. 초반 몇 줄 안에 글의 요점을 짐작하지 못하면 글을 덮습니다. 뛰어난 작가는 첫 문장과 첫 문단에 독자가 계속 읽어야 할 이유를 제시합니다. 밥 우드워드는 워터게이트 특종 보도에서 다른 말 하지 않고 기사를 이렇게 시작합니다. "민주당 전국위원회 본부에 도청 장치를 설치하려다가 체포된 다섯 명 중 한 명은 닉슨 대통령 재선위원회에서 급여를 받는 보안 관계자였다."

다섯째, 문장의 호흡을 다양하게 가져갑니다. 모든 문장이 길면 독자는 숨이 막히고 피로해집니다. 그렇다고 전부 단문이면 딱딱 끊어져 글이 지나치게 단순해 보일 수 있습니다. 문장 길이를 조절해서 글에 운율을 줍니다. 단문을 중심으로 삼되, 적당히 긴 문장을 의도적으로 배치해 강약을 조절합니다. 조지 오웰은 《동물농장》에서 단문과 장문을 섞어 글에 리듬을 줬습니다. "모든 동물은 평등하다. 그러나 어떤 동물은 다른 동물들보다 더 평등하다."

여섯째, 사실을 확인하고, 출처를 파악하고, 윤리적 고려를 합니다. 문장이 아무리 훌륭해도 팩트가 틀리면 글 전체가 무너집니다. 인용구와 통계 자료의 출처도 직접 확인합니다. '유엔 보고서에 따르면' 같은 문구를 넣을 때는 책이나 기사의 내용을 재인용하지 않고 실제 보고서를 찾아봅니다. 통계 출처가 특정 이해관계를 갖고 있지 않은지 검토합니다. 편견이나 차별이 섞인 언어가 포함되지 않았는지 살핍니다.

일곱째, 소리 내어 읽으며 편집합니다. 눈으로 읽기와 입으로 읽기는 전혀 다릅니다. 눈은 작가 중심이고, 귀는 독자 중심입니다. '낭독 편집'을 하면 눈으로만 읽었을 때는 넘어갔던 오류까지 잡아낼 수 있습니다. 낭독하면 문장이 지나치게 길어서 흐름이 끊기거나, 논리에 비약이 있거나, 문장 구조가 어색하거나, 같은 단어가 과하게 반복될 때 금방 거슬립니다. 낭독할 때 거슬리면 독자가 읽을 때도 거슬립니다.

발행: 프로덕트의 마감 처리

책, 기사, 칼럼, 보고서, 뉴스레터에서 가장 많이 읽히는
구절은 어디일까요. 단연 제목입니다. 부제, 첫 문장,
소제목이 뒤를 따르고요. 독자가 처음 만나는 글이니만큼 잘
지어야겠죠. 제목 스타일은 글의 성격과 작가, 매체, 기관의
성향에 따라 달라집니다. 좋은 제목을 짓는 방법에 하나의
정답이 있지는 않습니다. 그러나 원칙은 있습니다. 독자를
밀어내지 않고 끌어들여야 한다는 것입니다.

제목 짓기의 최고수는 언론사입니다. 종합 일간지는
하루에도 수백 개의 제목을 뽑습니다. 한번은 서울 광화문에
있는 한 신문사에서 1면 머리기사의 제목을 만드는 과정을
지켜봤습니다. 15자를 넘지 않는 짧은 문장 안에 기사의
핵심과 회사의 논조까지 담아내는 걸 보고 감탄한 기억이
있습니다. 30분 만에 뚝딱 만들어 내더라고요.

제가 기억하는 가장 인상적인 1면 머리기사 제목은
"아빠… 문이 안 열려요"입니다. 대구 지하철 화재 참사
당시 지하철에 갇힌 학생이 가족에게 사고를 알리는 상황을
담았습니다. 2003년 한국편집상을 받은 제목입니다. 한국
언론은 좋은 제목을 잘 짓지만, 매체별로 스타일 차이는 거의

없습니다. 논조 차이만 있죠.

　　　　반면 영미권 언론은 매체마다 고유의 제목 스타일이 있습니다. 몇몇 매체는 제목만 봐도 어디 기사인지 알 수 있을 정도죠. 대표적인 곳이 《이코노미스트》입니다. 언어유희와 상징을 잘 활용합니다. 2018년 6월 16일 커버스토리의 제목은 'Kim Jong Won'이었습니다. 북미 정상 회담에서 트럼프가 별다른 소득 없이 김정은에게 큰 양보를 했다는 기사였습니다. 《이코노미스트》는 김정은을 원래 'Kim Jong Un'으로 표기하는데, 'Un'을 'Won'으로 바꿔 단 세 단어로 김정은의 승리를 선포했죠. 브렉시트 논쟁으로 갈라진 영국 정치권을 다룬 기사에선 제목을 'OH **UK!'로 달았는데, 언뜻 보면 뇌가 문맥을 자동 보정해 욕설로 읽힙니다.

2019년 3월 16일 《이코노미스트》 표지 / 사진: 《이코노미스트》

창간 200년이 넘은 《가디언》은 명료함을 지향합니다. 제목에 자극적인 표현을 쓰지 않고, 사실 전달과 맥락을 강조합니다. 그러다 보니 제목이 조금 깁니다. '최신 연구에 따르면 이번 세기에 빙하가 녹아 해수면이 약 2센티미터 상승했다' 식입니다. 과장이나 모호함 없이 직설적인 문장으로 씁니다. 부제목은 제목의 내용을 구체화합니다. '2000년부터 2023년까지 전 세계 빙하 유실량이 6조 톤을 넘었다'라고 씁니다. 제목과 부제만 봐도 사건의 개요를 알 수 있죠.

《뉴욕타임스》의 제목 스타일은 클래식과 디테일의 조화라고 말하고 싶습니다. 적당히 긴 문장에 육하원칙을 담습니다. 특히 정치면과 국제면의 기사 제목에선 행위의 주체와 핵심 동사를 분명히 합니다. '트럼프가 합참 의장을 해임하며 군 지도부 물갈이를 시작했다'처럼 누가 무엇을 했고, 앞으로 어떤 일이 벌어질 수 있는지 한 문장으로 전달합니다.

제목 스타일을 이야기하며 《뉴요커》를 빼놓을 수 없죠. 뉴요커는 헤밍웨이와 J. D. 샐린저가 기고했던 잡지답게 문학적 개성과 시사성을 결합합니다. 예술, 문화, 정치, 사회를 폭넓게 다루는 매체라 기사 제목에 문학적이고 감각적인 단어가 자주 들어갑니다. 기사 제목이라기보다 책이나 다큐멘터리의 제목처럼 보이기도 합니다. 트럼프가 가자 지구를 미국이 장악해 주민을 강제 이주시킨 뒤 휴양지로 개발하겠다는 구상을 밝혔을 때 《뉴요커》가 발행한 기사의 제목은 '도널드 트럼프의 광기(The Madness of Donald Trump)'였습니다.

　　《이코노미스트》의 위트, 《가디언》의 명료함, 《뉴욕타임스》의 정확성, 《뉴요커》의 문학성은 색깔이 서로 다르지만, 좋은 제목에는 공통점이 있습니다. 정보 전달과 스토리텔링의 균형점에서 만들어진다는 것입니다. 내 글의 제목이 한쪽에 치우치진 않았는지 살펴보세요. 좋은 제목은 '이 글이 무슨 내용을 전달하는가?'라는 질문에 답하는 동시에, 전개될 이야기를 궁금하게 하는 것입니다.

　　제목과 부제에는 각각 하나의 아이디어를 담습니다. 한 줄에 너무 많은 정보를 담으면 독자는 작가가 무슨 이야기를 하려는지 알기 어렵습니다. 부제는 제목을 보완하고 확장해 독자가 본문으로 자연스럽게 진입하도록 도와야 합니다. 제목에서 '에디토리얼 라이팅'이라고 써서 글쓰기의 유형을 정확하게 표현했다면, 부제는 좀 더 친근한 어조로 '생각을 완성하는 글쓰기'라고 붙이는 거죠.

본문 중간중간에 삽입하는 소제목은 독자에게 읽기 가이드가 되어 주어야 합니다. 트레일 푯말처럼 이 길을 더 따라가면 어떤 장관이 펼쳐지는지 안내합니다. 예를 들어 글에서 세 가지 쟁점을 다룬다면 각각의 쟁점 앞에 소제목을 붙여 독자가 길을 잃지 않게 합니다. 소제목은 색인 역할도 합니다. 소제목이 잘 달려 있으면 독자는 먼저 읽고 싶은 부분을 쉽게 찾을 수 있습니다.

글을 보완하는 장치

글쓰기는 생각을 전하는 도구입니다. 생각을 더 효과적으로 전달할 수 있는 장치가 있다면 활용해야죠. 사진, 지도, 그래프, 도표 같은 시각 자료입니다. 다만 전제가 있습니다. 시각 자료는 글을 앞서지 않고 뒤에서 따라와야 합니다. 시각 자료를 지나치게 많이 넣으면 본문이 위축될 수 있습니다. 그럴 거라면 글을 쓰는 대신 영상을 찍는 편이 낫겠죠.

트럼프 행정부의 관세 정책을 논하면서 굳이 트럼프가 격노하는 사진을 넣어야 하는 이유는 따지고 보면 없습니다. 인터넷 신문이 그렇게들 하니까 익숙해졌을

뿐입니다. 그러나 독자가 몰입해서 읽어 주기를 바라는
글에는 시각 자료가 없습니다. 논설과 칼럼이 대표적입니다.
논리와 사고 흐름을 따라가야 하는 글에선 이미지가 방해
요소가 될 수 있습니다.

　　　　읽기는 열량을 태워서 하는 노동입니다. 과학책의
도해처럼 꼭 필요한 시각 자료는 독자가 에너지를 덜 들이고
내용을 이해하도록 돕지만, 본문 맥락과 크게 상관없는
이미지라면 독자의 뇌가 불필요한 시각적 정보를 처리하느라
인지 자원을 더 소모하게 됩니다. 독자를 더 일하게 하는
가혹한 글이 됩니다.

　　　　시각 자료는 글에 종속되어야 합니다. 꼭 필요한
순간에만 시각 자료를 배치해야 글과 이미지가 삽니다.
사진이 본문과 상관있는지, 본문을 보완하는지, 본문과
조화를 이루는지 점검합니다. 세 질문에 모두 그렇다고
답할 수 있을 때 사진을 넣습니다. 분쟁 지역을 다루는 피처
기사라도 글의 톤이 쓸쓸하고 서정적이라면 자극적인 전쟁
장면은 어울리지 않습니다. 주민이 모두 떠난 마을의 풍경을
넣는 편이 좋습니다.

　　　　시각 자료는 논리적 위치에 배치해야 합니다. 시각
자료가 뜬금없이 나타나면 독자가 당황하거나 읽는 흐름이

깨질 수 있습니다. 본문에서 관련 내용을 언급한 직후 — 즉 독자를 준비시킨 직후 — 삽입합니다. 이 책에서 이미지를 섬네일처럼 작게 넣은 이유입니다. 이미지를 한 페이지 크기로 넣으면 논리적 위치가 딱 맞지는 않거든요. 본문에서 시각 자료를 호출하는 방법도 있습니다. '다음 표는 이러한 추세를 보여 준다'처럼 본문에서 시각 자료를 언급하면 독자는 자연스럽게 시선을 옮깁니다.

숫자가 많은 글은 술술 읽히지 않습니다. 본문에선 핵심 수치만 소개하고, 세부는 그래프나 도표로 제공하면 좋습니다. 《이코노미스트》나 《파이낸셜타임스》처럼 시각 자료를 잘 쓰는 곳은 그래프를 단순하게 그립니다. 색상을 두어 개 이내로 사용하고, 눈금 선도 최소화해 그림이 아니라 데이터가 돋보이게 합니다.

그래프와 도표를 제시할 때는 독자가 데이터를 알아서 해석하게 두지 말고 작가가 강조점을 짚어 줘야 합니다. 예를 들어 그래프의 피크 지점을 가리키며 '2019년에 정점을 찍었다'라고 적습니다. 본문은 맥락이나 의미를 전달하는 데 집중하고, 그래프에 쓰여 있는 숫자를 그대로 나열하는 것은 피합니다. 글은 '이 숫자가 무엇을 의미하는지' 혹은 '왜 그런지'를 알려 줘야 합니다.

시각 자료 사용 여부는 글을 쓰기 전과 쓰는 중에 결정합니다. 글을 다 쓰고 나서 '본문이 답답해 보이니까 중간에 사진 한 장 넣자' 식으로 접근하면 안 됩니다. 글을 쓰면서 '이 대목을 이미지로 보완할 필요가 있는가?'를 점검하고, 그렇다는 답을 얻으면 시각 자료를 넣습니다. 본문에 '(사진 삽입) 쿠르스크 전장에 투입된 우크라이나 드론'이라고 적고 글을 계속 써 내려갑니다. 시각 자료에 대한 고민 없이 쓴 글과 시각 자료 배치를 상정하고 쓴 글은 표현의 깊이와 선명함이 다를 수밖에 없습니다.

독자를 만나는 글쓰기

원고를 마감했다고 노트북을 닫지 마세요. 아직 쓸 것이 남았습니다. 소개하는 글과 댓글입니다. 글쓰기만큼 글 알리기도 중요합니다. 1년에 신간 도서가 6만 종 이상 발행됩니다. 하루에 새 책 172종이 나오죠. 블로그 게시물과 뉴스레터는 날마다 새 소식을 알리고, 보고서와 자료집은 쌓여만 갑니다. 새 글이 나왔다는 사실을 알리기가 점점 어려워지고 있습니다.

글의 성격과 매체 유형에 따라 글을 알리는
방법이 다르지만, 대개 한두 줄의 카피와 요약문, 인상적인
문장과 사례를 준비해야 합니다. 원고 집필 과정에서
홍보까지 염두에 두면 시간을 절약할 수 있습니다. 초고를
쓰거나 퇴고할 때 홍보용으로 활용하기 적합한 문장과
사례를 메모장에 옮겨 두기만 해도 나중에 홍보 문구를 빈
페이지에서부터 쓰는 수고를 덜 수 있습니다.

홍보까지 고려하고 글을 쓰면 글이 선명해집니다.
마케팅에서는 판매 가치 제안(unique selling proposition)을
강조합니다. 이 제품이 다른 제품에 비해 특별한 점이
무엇인지 제시하는 거죠. 차별점을 글쓰기 과정에서 잡아
두면 글이 엇나갈 확률이 낮아집니다. '이 글의 강점은 생생한
사례다'라고 정의한 작가라면 사례 선정과 스토리텔링에 더
공들이게 되겠죠.

글을 발행한 이후에는 댓글 읽기와 쓰기가
중요합니다. 북저널리즘 구독 서비스에는 독자 댓글이 3만
개 넘게 쌓였습니다. 작가의 글을 두고 독자와 작가, 독자와
에디터, 독자와 독자가 품격 있는 토론을 벌입니다. 독자의
반응을 직접 확인하는 작가는 필연적으로 더 나은 글을 쓸 수
있게 됩니다.

피드백 루프의 중요성을 새삼 강조할 필요는 없겠죠. 그런데 댓글의 진짜 효능은 따로 있습니다. 댓글을 읽으면 다음에 쓸 글의 구조와 논리가 단단해지는데, 댓글을 쓰면 다음 글을 쓰고 싶은 마음이 확고해집니다.

3만 개의 댓글 중에 제가 작성한 댓글이 400개쯤 됩니다. 제가 쓴 피처 기사를 읽은 독자가 더 알고 싶은 부분을 댓글로 남기면, 글에 담지 못한 내용을 설명하고 함께 읽으면 좋은 기사나 논문 링크를 보내 드립니다.

그러면 어김없이 고맙다는 댓글이 달립니다. 업무상 꼭 필요한 자료였다고 말하는 분도 있습니다. 그 댓글을 보는 순간, 데이터로만 짐작하는 일반 독자가 아니라 특정 독자에게 직접적인 도움이 되었다는 실체감이 생깁니다. 이 감각이 며칠을 매달려 원고지 90매 분량의 피처 기사를 쓴 일을 — 다시 하나 봐라 했던 그 일을 — 할 만한 일이었다고 생각하게 합니다.

내 글이 구체적 개인에게 실질적 도움이 된다는 사실은 작가를 다시 책상 앞에 앉게 합니다. 다음 글을 쓰게 합니다. 꾸준하게 많이 쓰고 싶다면, 독자에게 댓글을 쓰고 독자와 관계를 맺으십시오.

나오며: 생각을 완성하는 글쓰기

글쓰기는 생각을 완성합니다. 이 책을 집필하며 새삼
깨닫습니다. 제가 다 아는 내용을 글로 옮기기만 하면 될
줄 알고 작업에 착수했는데, 이 책의 절반은 쓰는 과정에서
새롭게 생각한 것들로 채워졌습니다. 달리 말하면 이 책을
쓰지 않았다면 결코 알지 못했거나, 무의식의 영역에 남아
있었을 것들입니다.

　　　발견되길 기다리고 있는 것들을 알아내기
위해서라도 우리는 계속 써야 합니다. 여러분과 저는
에디토리얼 라이팅을 더 잘하기 위해 책 한 권을 같이
봤습니다. 수고 많으셨습니다. 옆에 계셨다면 어깨를
토닥토닥 두드려 드리고 싶습니다. 책을 마치며 두 가지를
당부드립니다.

　　　많이 읽으십시오. 분야를 가리지 않고 많이 읽을수록
좋지만, 굳이 하나를 꼽자면 문학 작품 읽기를 권합니다.
구두점 하나까지 고민해서 쓰는 사람의 문장에 익숙해지면
문장력이 좋아질 수밖에 없습니다. 이 책에서 논픽션
글쓰기를 다루면서 소설 속 문장을 예시로 자주 들었던
이유이기도 합니다. 소설을 읽으면 상상하는 힘도 키울 수
있고요.

　　　많이 쓰십시오. 어쩌다 한 번 몰아서 쓰지 말고

운동하듯 규칙적으로 쓰세요. 시간이든 분량이든 목표를 정해 놓고 습관처럼 쓰면 좋습니다. 이 꾸준함이 여러분을 특별한 사람으로 만듭니다. 세상에는 글을 잘 쓰는 사람과 잘 쓰지 못하는 사람이 있습니다. 그런데 가까운 미래에는 쓰는 사람과 쓰지 않는 사람으로 나누어질 겁니다.

사회는 인간이 에너지를 절약하는 방향으로 발전합니다. 로봇 청소기가 사람 대신 청소하고, 식기 세척기가 사람 대신 설거지하고, 세탁기와 건조기가 사람 대신 빨래합니다. 많은 사람이 육체적 노동을 대신하는 기기를 이용하면서 그렇게 절약한 에너지를 어디에 쓸지는 생각하지 않습니다. 따로 운동하지 않는 사람은 결국 뼈가 약해지고 근육이 빠집니다.

정신적 노동이라고 다르지 않습니다. 구글과 아이폰이 생기면서 생각을 아웃소싱하는 사람이 늘었습니다. 사람 대신 생각하고 추론해 해결책을 제시하는 AI까지 나왔습니다. 많은 사람이 정신적 노동을 대신하는 기술을 이용하면서 그렇게 절약한 에너지를 어디에 쓸지는 생각하지 않습니다. 생각하지 않는 사람은 결국 깊이 사고하는 능력을 잃습니다. 저는 여러분이 쓰는 사람으로 남아 주기를 바랍니다.

그럼, 무엇을 쓰면 좋을까요. 들어가는 장에서 저는 좋은 글의 조건을 ①독자를 중심에 두고 ②공학적으로 설계해 ③분명한 목적을 가지고 ④명료한 문장으로 쓴 것이라고 이야기했습니다. 나오는 장에서는 좋은 글의 성격을 말하고 싶습니다. 헨리 데이비드 소로의 책 《월든》에 이런 구절이 있습니다.

"내 집에는 세 개의 의자가 있었다. 하나는 고독을 위한 것, 둘은 우정을 위한 것, 셋은 사회를 위한 것이었다(I had three chairs in my house; one for solitude, two for friendship, three for society)."

소로가 직접 지은 오두막의 내부를 설명하는 대목입니다. 창업을 고민하던 시기에 저는 저 말이 콘텐츠를 만드는 사람이 가져야 할 자세라고 생각했습니다. 회사 이름 '스리체어스(threechairs)'도 저 문장에서 따왔습니다. 나에게서 시작해, 우정으로 건너가고, 마침내 사회로 나아가는 어구의 순서가 마음에 들었습니다.

글도 그래야 한다고 믿습니다. 내가 읽고 싶은 걸 써야 합니다. 나를 첫 독자로 삼아 내가 즐거워지는 걸 쓰는 겁니다. 그 결과물이 가까운 친구에게 권할 만한 것이고, 기왕이면 사회에도 이로운 것일수록 더 좋습니다. 이

순서가 지켜질 때 좋은 글이 나옵니다. 나는 즐겁지 않지만 남을 즐겁게 하려고 쓰는 글은 거의 모두 실패합니다. 지금 당장 쓰고 싶어서 계단을 두어 개씩 뛰어오르게 하는 것을 쓰십시오.